www.tredition.de

AF204217

Liane Lunken

Ostergeschichten

www.tredition.de

© 2018 Liane Lunken

Verlag und Druck: tredition GmbH, Hamburg

ISBN
Paperback: 978-3-7469-2048-1

Für alle,

die sich den Glauben an das Gute

nicht nehmen lassen.

Vorbemerkung

Es war im Monat März, wenn sich bereits die ersten Vorboten des Frühlings dem wachsamen Auge offenbaren und es war die Zeit der ersten großen Pause, nachdem sämtliche Kinder ausgelassen auf den Schulhof hinausgeströmt waren. Einige riefen sich etwas zu und eine Gruppe Mädchen kicherte, während andere ihre Pausenbrote aßen. Schließlich verteilten sich die Kinder auf dem Hof: einige spielten Fangen oder Verstecken, andere kickten sich eine Blechdose zu und wieder andere standen im Kreis zusammen. Alles war wie sonst, bis sich über den allgemeinen Geräuschpegel hinweg ein Streitgespräch vernehmen ließ.

„Mein Vater hat es mir gesagt und der lügt nicht", hörte man den kleinen Heri sagen.

„Du bist vielleicht blöd", erwiderte der deutlich größere Hardi. „Das sind doch alles Märchen. He, schaut euch mal den an, der glaubt ja noch an den Osterhasen." Einige Lacher erhoben sich, doch die meisten Jungen waren ganz still. Wie würde die Sache jetzt weitergehen?

„Ist mir ganz egal, was du sagst, ich glaube trotzdem an den Osterhasen", presste Heri trotzig hervor. Wieder erhoben sich die Lacher von vorhin, diesmal noch lauter, vor allem, weil der Wortführer ebenfalls mitlachte.

„Der spinnt doch total", stellte Hardi schließlich fest und zog kopfschüttelnd mit seinen Befürwortern ab. „Mit solchen Blödmännern gebe ich mich nicht ab", hörte man seine im Weggehen hingeworfene abschließende Feststellung. Die anderen Jungen blieben schweigend zurück und schauten fragend auf Heri. Was war denn jetzt mit dem Osterhasen? Was sollten sie nun glauben? Ihre stummen Münder und großen Augen formulierten unmissverständlich diese Fragen, bis der kleine Heri beherzt antwortete: „Ich jedenfalls glaube an den Osterhasen. Das lasse ich mir von niemandem nehmen."

Vermutlich werden Sie, lieber Leser, dem Grundschulalter längst entwachsen sein und möglicherweise eigene Kinder haben. Ich weiß natürlich nicht, ob Sie an den Osterhasen glauben, ich weiß nur, dass ich zur Fraktion des kleinen Heri gehöre, die sich diesen Zauber nicht nehmen lassen will. Dabei ist es ganz gleich, ob Sie sich einen Hasen mit einem Weidekörbchen voll bunter Eier auf dem Rücken vorstellen oder das Erwachen der Natur. Vielleicht denken Sie an das murmelnde, helle Rinnen des Wassers, das aus einer versteckten Quelle ans Tageslicht sprudelt, vielleicht bestaunen Sie auch die ersten Gänseblümchen auf einer grünen Wiese mit allerlei munterem Leben darin. Dieses Hervorbrechen und dieser Neubeginn des Lebens ist ein Wunder, das uns jedes Frühjahr geschenkt wird. Wir können es als jährlich wiederkehrend gedankenlos hinnehmen, oder aber wir entdecken den lebensbejahenden Zauber darin, den uns das Leben selbst jedes Frühjahr neu zuteilwerden lässt.

Inhalt

Das Hasenbrot

Es war einmal ein Bauer, der lebte mit seiner Frau in einem kleinen Häuschen in einem abgelegenen Dorf. Sie hatten zwei brave und folgsame Töchter, besonders die ältere Bruni, während die jüngere Eri gerne auch mal diesen oder jenen Streich ausheckte.

Eines Nachmittags hatten die beiden Mädchen schon viele Stunden einträchtig gewartet. Die Schularbeiten waren längst erledigt und das Zimmer aufgeräumt. Jetzt spielten die Schwestern mit ihren Puppen. Aber sie spielten nur mit halber Aufmerksamkeit, denn bei jedem Geräusch, das eine von ihnen zu hören glaubte, rannten beide aufgeregt ans Fenster.

War **e r** es?

Er musste doch jeden Augenblick kommen! Es war im Monat März, wenn die Sonne ihre lang vermissten, warmen Strahlen zur Erde schickt und die schlafende Natur wieder zum Leben erweckt. Am Nachmittag hatte eine Schar bunter Wiesenkrokusse die fröhlichen Köpfchen zum Himmel gereckt und das Auge der Vorübergehenden erfreut. Jetzt war der Abend heraufgezogen und mit ihm die Kühle und die Dämmerung. Da hatten sich die zarten Blüten schnell geschlossen und zur Nachtruhe begeben.

Im Kinderzimmer droben brannte jetzt Licht. Immer wieder standen die Mädchen am Fenster, drückten ihre Köpfchen an die Scheibe und spähten hinaus. Aber sie konnten nichts sehen, nur das graue Licht der einfallenden Dämmerung.

DA! –

War da nicht ein Geräusch an der Haustüre? Eri hatte es als Erste gehört und stürzte zur Zimmertür, um auf den Flur hinauszuhorchen. Sie öffneten die Tür einen Spalt breit und lauschten atemlos. Dann schauten sich beide mit leuchtenden Augen an. JAA! Die Haustür war ins Schloss gefallen und der Vater heimgekommen.

Jetzt gab es für die zwei Mädchen kein Halten mehr. Die ältere Bruni voraus rannten sie zur Treppe und in die Küche hinunter. Der Vater hatte die Mütze abgelegt und seine dicke Winterjacke an den Kleiderhaken gehängt. Jetzt saß er vornübergebeugt auf der Ofenbank und war eben dabei, seine schweren Stiefel auszuziehen. Als Eri und Bruni hereinstürmten, sah er auf und lächelte. Die Kinder hingen rechts und links an seinen Armen und Bruni rutschte die Frage heraus: „Und? Hast du ihn gesehen?"

So ungestüm waren die beiden, dass die Mutter fürsorglich eingreifen musste und die Mädchen ermahnte, den Vater doch erst einmal die Stiefel ausziehen zu lassen. Sie möchten inzwischen helfen, den Abendbrottisch zu decken, dann werde ihnen der Vater schon alles erzählen.

Nachdem der Vater am Tisch Platz genommen hatte, setzten sich Eri und Bruni wie auf Kommando auf ihre Plätze und hingen an seinen Lippen. Sie beobachteten, wie er in seine Westentasche griff und vier selige Kinderaugen verfolgten jede seiner Bewegungen.

„Heute", sagte der Vater langsam, „war im Hasenhaus jede Menge Betrieb und Aufregung wie immer um diese Zeit. Aber ich hatte Glück und habe jedem von euch ein frisches Hasenbrot mitgebracht." Bei diesen Worten zog er zwei dunkle Brotscheiben aus der Westentasche und legte jedem Kind eine auf den Teller. Unterdessen war auch alles für das Abendbrot gerichtet, die Mutter setzte sich zu ihnen an den Tisch und endlich durften die Mädchen das herrlich krustige Hasenbrot aufessen.

*

Als die Zeit zum Schlafengehen gekommen war, hatten sich die Mädchen schon in ihre Betten gekuschelt. In ihrem Schlafzimmer stand ein kleiner Kohleofen und verströmte eine wohlige Wärme. Während der Vater einen Apfel in Stückchen zerteilte und jedem Kind seine Portion auf ein Brettchen legte, saß die Mutter auf einem Schemel und nahm ein dickes Märchenbuch zur Hand. Doch heute, wie so oft, baten die Kinder ihre Eltern, ihnen die Geschichte vom Hasenbrot zu erzählen.

„Na gut", sagte die Mutter. „Das ist eine sehr alte Geschichte", begann sie und legte das Märchenbuch beiseite, denn diese Geschichte stand nicht darin. Es war eine Geschichte, die man nur in ihrem Dorf kannte.

„Ganz weit draußen im Steinfeld, an der äußersten Grenze unseres Dorfes, steht ein dichtes Tannenwäldchen. Es ist so dicht und dunkel, dass man gar nicht hindurchsehen kann. Und wenn doch einmal ein Baum umgehauen oder vom Sturm umgeknickt worden ist, ist gleich am nächsten Tag wieder ein neuer nachgewachsen. So kam es, dass die Menschen überall sonst viele Bäume fällten und Äcker anlegten, nur das Tannenwäldchen blieb als einziges unberührt. Ganz durchlaufen hat es noch nie jemand, aber es muss unendlich groß sein. Wer sich auskennt und mutig genug ist, der braucht nur an der richtigen Stelle einige Meter hineinzugehen, dann findet er ein uraltes Holzhaus mit einem dichten Strohdach und unzähligen Türchen und Fensterchen. Wie lange man aber auch schauen mag, die Bewohner sieht man nicht und nur manchmal kann man von drinnen ein Klopfen und Kratzen hören. In dem Häuschen leben nämlich seit undenklichen Zeiten unzählige Hasen und Häsinnen mit ihren vielen Hasenkindern. Im Laufe der Zeit haben sie sich unter der Erde Tunnel gegraben, eine ganze Hasenstadt. Dort leben sie ungestört und für die Menschen unsichtbar."

Der Vater hatte in der Zwischenzeit jedem der Mädchen die Apfelstückchen ans Bett gebracht und setzte sich behutsam auf den Rand von Brunis Bett.

„Papa", fragte die kleine Bruni, „ich möchte so gerne mal zu den Hasen gehen und sie besuchen."

„Nun ja", erwiderte der Vater und seufzte leise, „das geht leider nicht. Denn jeder, der den Hasenbau betritt, verirrt sich in den weiten und dunklen Gängen. Niemand, der einmal hineinging, ist von dort wieder zurückgekehrt."

„Und warum wollen die Hasen keinen Besuch haben?", ließ Bruni nicht locker.

„Wisst ihr", begann die Mutter und schaute in vor Spannung glühende Kinderaugen, „das ist eigentlich ein ganz großes Hasengeheimnis. Aber ich glaube, euch kann ich es verraten. Die Hasen haben nämlich immer schrecklich viel zu tun und gar keine Zeit für Besuche. Das ganze Jahr hoppeln sie über Feld und Wiesen und graben Löcher, Höhlen und Tunnel. Dabei kommen sie ziemlich viel herum und entdecken vieles, das ihnen nützlich ist. Und natürlich müssen sie auch für den nächsten Winter vorsorgen. Deshalb sammeln sie fleißig alle Arten von Gräsern und Kräutern, Getreideähren und Gemüseknollen, Samen, Beeren und Blüten. Im Sommer ernten sie Heu und im Herbst suchen sie nach allerlei Nüssen, Wurzeln und Pilzen. Deshalb tragen sie auch meistens einen Korb auf dem Rücken."

„Und was essen die Hasen am liebsten?", wollte nun Eri wissen.

„Nun, am liebsten nehmen sie etwas Brot mit auf den Weg", antwortete die Mutter. „Wenn sie am Morgen aufbrechen und eine Scheibe Brot vor ihrer Hütte finden, legen sie sie in ihren Korb. Dann hoppeln sie los und sammeln all die Beeren, Kräuter und Wurzeln darauf, die sie von ihren Wanderungen mitnehmen. Weil sie aber die ganze Zeit so beschäftigt sind, denken sie gar nicht mehr daran, eine Pause zu machen und von dem Brot zu essen. So kommt es, dass sie am Abend mit einem vollen Korb zu ihrem Bau zurückkommen und erst beim Entleeren des Korbes das Brot darin wiederfinden. Aber sie essen es nicht auf, denn die Hasenmama wartet ja drinnen mit dem Abendessen auf sie. Deshalb legen sie das Brot wieder vor ihren Bau, wo sie es am Morgen gefunden haben."

„Und deshalb schmeckt das Hasenbrot so gut", murmelte die kleine Eri, die nun immer müder wurde, fast so, als wäre sie auch den ganzen Tag durch das Feld gelaufen.

„Genau", sagte die Mutter. „Das Hasenbrot ist das gesündeste Brot, das es gibt. Denkt nur an die vielen Kräuter und Wurzeln, Beeren und Blüten, die darauf gelegen haben. Deshalb heißt es ja auch: *Hasenbrot macht Wangen rot.*"

Der kleinen Eri fielen nun langsam wirklich die Äuglein zu, doch Bruni war noch gar nicht müde. Da war noch ganz viel, was sie wissen wollte. Sie überlegte kurz und fragte dann: „Und warum war gerade heute so viel Betrieb im Hasenhaus?"

„Das ist immer so im Frühjahr, mein Kind. Die Hasen freuen sich, dass es endlich Frühling wird und sie wieder aus dem Bau herauskönnen. Und außerdem ist bald Ostern und da haben die Hasen mit dem Eierfärben immer besonders viel zu tun", antwortete die Mutter. Und der Vater fügte ergänzend hinzu: „Als ich heute dort war, krischelte und kruschelte es in allen Ecken. Da habe ich mich vorsichtshalber hinter einem dicken Baumstamm versteckt. Und wisst ihr, was dann geschah? Ich habe die Hasen singen gehört. Ganz hell und klar drangen die Stimmen aus den Tiefen ihrer Hasenburg und sie sangen:

"Frischauf ihr Mümmens, die Pinsel geschnappt

und lustig die Löffel nach oben geklappt.

Dann flink die Schürzen umgeschnürt

und fleißig die Farben angerührt.

Mümmel min und Mümmel man

jetzt fangen wir zu werken an:

wir mischen und mixen und malen

mit Federn, Farben und Zahlen,

in feurigem Rot und Gelb wie Zitronen,

in wiesigem Grün, wo die Tautropfen wohnen,

in wolligem Weiß und wehendem Blau,

in rostigem Braun und steinernem Grau,

in Pink und Pastell und zartem Rosé

und schwingen die Pfoten in luftige Höh.

Auf auf ihr Mümmens, min und man,

wir malen alle Eier an."

„Ooooh, wie schön", staunte Bruni. Da wäre sie gern dabei gewesen.

„Helfen die kleinen Häschen auch beim Anmalen?", meldete sich murmelnd Eri zu Wort.

„Na und ob", erwiderte die Mutter. „Das ist der größte Wunsch aller kleinen Häschen. Aber erst wenn sie in der Häschenschule das Lesen und Rechnen gelernt haben, bekommen sie zum ersten Mal ein Schürzchen umgebunden."

„Und wo bekommen die Hasen die ganzen Farben her?", erkundigte sich Bruni.

„Das weiß niemand so genau", meinte der Vater. „Wahrscheinlich verwenden sie all die gesammelten Kräuter, Wurzeln und Früchte als Zutaten. Sie mischen sie und brauen daraus nach streng geheimen Hasenrezepten die schönsten Osterfarben. Dabei sind sie in der Osterzeit so eifrig, dass sie sich nicht einmal die Zeit nehmen, ihre farbbekleksten Schürzen auszuziehen oder die noch feuchten

Malpinsel hinter ihren Löffeln wegzulegen. Gerade so wie sie aus der Malstube kommen, ziehen sie durch die Wiesen und Felder, um nach Eiern zu suchen. Überall wo sie umherhoppeln, tropft Farbe auf den Boden und ins Gras und genau dort leuchten in den Wiesen und Gärten bald die ersten bunten Blumen."

Eri war nun wirklich eingeschlafen. Die Mutter strich ihr ein Strähnchen aus dem Gesicht und deckte sie behutsam zu. Auch Bruni rollte sich unter ihre Decke und schloss die Augen. Nachdem der Vater noch einmal nach dem Kohleofen geschaut und alles in Ordnung befunden hatte, verließen die Eltern leise das Zimmer.

Draußen war noch einmal der Nachtfrost zurückgekehrt und ein kalter Wind wehte um das Haus. Bruni und Eri aber schliefen ruhig und fest und träumten von wimmelnden Hasenherden, von Kräutergärten und Früchtekörben, von hüpfenden Hasenkindern in farbbeklecksten Schürzen, von wunderbunten Ostereiern und nicht zuletzt vom krustigen Hasenbrot.

Geborgenheit aus Kindertagen

die wirst du stets im Herzen tragen.

Was dir auch später wird beschieden,

sie gibt dir Kraft und innren Frieden.

Die Geschichte vom Lenzelwald

Es war einmal ein kleiner Waldhof, der lag ganz versteckt zwischen großen dunkelgrünen Tannen und saftig grünen Wiesen. Das Dach des winzigen Häuschens war mit Stroh und Rinde abgedeckt und so niedrig, dass der ausgestreckte Arm eines Kindes leicht hinaufreichte. Das Häuschen war aus getrocknetem Lehm und den Stämmen junger Eichen gebaut und war so ganz naturbelassen, dass es einem Vorbeikommenden, der ein wenig achtlos dahinwanderte, gar nicht weiter auffiel.

Auf diesem Hofe lebte seit undenklichen Zeiten der alte Lenzel. Er war ein alter, ein sehr alter Mann und die Spitze seines dichten grauen Bartes reichte beinahe bis auf den Boden. Gewöhnlich ging er nach vorne gebeugt, hielt einen knorrigen Wurzelstock in der Rechten und doch schritt er in seinen Rindenstiefeln mit den dicken Harzsohlen festen Schrittes durch den Wald. Sein Mantel war aus filzigem Moos gestrickt und auf dem Kopf trug er je nach Jahreszeit unterschiedliche Hüte: im Frühjahr bevorzugte er den blau-violetten Blütenkelch der Glockenblume, im Sommer flocht er sich aus wilden Gräsern und allerlei Blättern einen luftigen Sonnenhut und im Herbst schließlich zeigte er sich mit dem schönsten braunen Champignonhut, den er nur finden konnte.

Lenzel kannte seinen Wald wie niemand sonst: er kannte jede Ecke, jeden Baumstamm, jedes Kleeblatt. Er hatte schon auf jedem Felsen gesessen und in die Sonne geblinzelt. So vertraut war er mit diesem Wald, dass er sich mühelos auch in der dunkelsten Nacht im Gelände bewegen konnte. Aber das war nicht das einzig Besondere an ihm. Lenzel sprach eine Unmenge von Sprachen: die der Vögel, die der Käfer und die der Schmetterlinge, ja sogar die der Menschen. Mit den Menschen aber sprach er im Grunde nie, denn sie hatten die unangenehme Eigenschaft, immer selbst sprechen zu wollen und nicht zuzuhören. So pflegte Lenzel nur mit den Tieren des Waldes zu sprechen und natürlich mit den Tieren auf seinem Hof: Emilio dem

Esel, Molto und Mesa den vorwitzigen und ewig hungrigen Schweinen, den Zicklein Mimmo, Mara und Nana sowie den Dausen Gambo und Galina. Und sie alle wussten es ihrem Lenzel zu danken, dass sie kein Messer zu fürchten hatten und ein unbehelligtes und glückliches Leben führen durften.

Lenzel war, wie ihr seht, sehr außergewöhnlich. Seine tägliche Stall- und Hofarbeit verrichtete er gewissenhaft und wenn er nach vielleicht einer Stunde damit fertig war, widmete er sich seinen weiteren Interessen. In der warmen Jahreszeit setzte er sich gern mit seiner Flöte unter einen dichten Kastanienbaum und blies gedankenverloren die zartesten Melodien in die Lüfte. Im Handumdrehen fanden sich dort die schönsten und schillerndsten Insekten ein: fantastische Flatterlinge, brummende Käfer, die gelb und grün in der Sonne glitzerten, dazu allerlei Stinkstiefel, Schlucknattern sowie Schnaken, Mücken und Myriaden von Müßiggängern. Nach seinem kleinen Morgenkonzert machte sich Lenzel, meist begleitet von Emilio, auf den Weg in den Wald. Manchmal, wenn seine Knie zu sehr schmerzten, ritt er auch auf seinem treuen Esel. Und wie immer hatten sich die beiden unterwegs viel zu erzählen, auch wenn dabei nicht viele Worte gewechselt wurden. Und sagt selbst: was gibt es Schöneres auf der Welt, als mit einem guten Freund an der Seite durch einen lebensgrünen und pulsierenden Wald zu wandern und alle Entdeckungen und Gedanken mit ihm zu teilen?

So schritten und trabten Lenzel und Emilio oft viele Stunden durch den Wald, besuchten ihre Lieblingsplätze und genossen die schönste Waldesruhe. Und immer gab es auf ihren Wegen vieles zu entdecken und einzusammeln: würzigen Waldmeister und nahrhaften roten und gelben Waldwurz, dazu Brennnesseln, Leinkraut und sonnensüßen Löwenzahn. Dazu fanden sich üppige Himbeer- und Brombeergärten, Pilze jeder Art, Wegerich, Wiedehopfen und, was Emilio vor allem liebte, Eselskraut und wilde Linsengewächse.

So lebten Lenzel und seine Tiere lange Zeit glücklich und in Frieden in ihrem Wald und jeder war bestrebt, seinen Teil dazu beizutragen, dass dies noch lange so bliebe. Besonders Galina trug eine Menge dazu bei, denn sie war ausgesprochen legefreudig und legte ihrem Lenzel täglich ein Dutzend der wunderbarsten und schmackhaftesten Eier. So viele waren es, dass Lenzel sie gar nicht alle verzehren konnte. Darum hatte er es sich zur Gewohnheit gemacht, jeden dritten oder vierten Tag sehr früh von seinem Hof aufzubrechen und die überzähligen Eier zu einer weit entfernten Waldlichtung zu bringen, wo einige Waldbauern ihre Schafe und Gänse weiden ließen. Mitten durch diese sonnenbeschienene Lichtung schlängelte sich ein kleiner Wiesenbach, der von einer etwas höher im Fels gelegenen Quelle gespeist wurde. Dort stillten Lenzel und Emilio ihren Durst, ruhten sich aus und oft konnten sie die Menschen unten im Tal beobachten, wie sie die Dauseneier entdeckten und sich herzlich darüber freuten. Und weil sie die wunderbaren und nahrhaften Dauseneier schnell schätzen lernten, ließen sie es sich nicht nehmen, dem unbekannten Eierspender ebenfalls kleine Geschenke mitzubringen: mal war es ein Säckchen mit Weizen oder Grütze, manchmal wickelten sie einen kleinen Käselaib in ein Stück Leinen und manchmal brachten sie Nüsse, Äpfel oder einen Mohnkuchen mit. Das war eine schöne Sache und jede Seite profitierte von diesem stillen und freundschaftlichen Einvernehmen.

All das ging vonstatten, ohne dass die Menschen den Waldgeist je zu Gesicht bekommen hätten, denn einen Waldgeist kann man nur sehen, wenn er gesehen werden *w i l l*. Lenzel aber war ein sehr scheuer Waldgeist, der es vorzog, unsichtbar zu bleiben. Und er hatte seine guten Gründe dafür. Natürlich versuchten die Menschen trotzdem, sich ein Bild von ihrem Gegenüber zu machen und gaben ihm mancherlei Namen. Einige beschrieben ihn als Nebelwolke, die zwischen den hohen Baumstämmen umherwabert. Andere glaubten, ihn im Wasser gesehen zu haben, wie er munter von Stein zu Stein springt und dabei berauschende Lieder singt. Wieder andere sahen ihn in den Lüften als majestätischen Vogel über die Baumwipfel streichen. Lenzel aber, der die Worte und Gedanken der Menschen hören und lesen konnte, nahm all diese Vorstellungen und Mutmaßungen gelassen hin und mitunter lächelte er auch ein wenig darüber.

So wurden Lenzel und die Waldbauern gute Nachbarn, die in gegenseitiger Achtung und Eintracht nebeneinander lebten. Eines Tages aber sollte sich dies ändern. Lenzel spürte es schon, als er in den Morgenstunden aus seinem Häuschen trat. Eine dumpfe Bedrohung schwang in den Lüften und die Vögel des Waldes waren unruhig. Sie wisperten von diesem und jenem, was ein entferner Gevatter ihnen wiederum zugeflüstert hatte. Lenzel wies an diesem Tage alle seine Tiere an, in der Nähe des Hofes zu bleiben, dann machte er sich voll unguter Ahnungen auf, die Ursache für die Unruhe in seinem Wald herauszufinden. Er ging zum Sonnenfelsen, von wo aus er weit ins Land hinausschauen konnte, und seine schlimmsten Befürchtungen wurden wahr. Hinter den dunklen Streifen am Horizont hörte und verspürte er die harten Schläge von Äxten und das unerbittliche Kreischen von Sägen, die seinem Wald zu Leibe rückten.

ACH!", seufzte er lang und es war ein der tiefsten Seele entsprungenes Wehklagen über die Maßlosigkeit der Menschen, gerade so, als habe die scharfe Axt soeben ihn getroffen. Voller Schmerz wandte er sich von dem dort draußen tobenden Unheil ab. Er zog es vor, sich dieser Gewalt und Rohheit nicht entgegenzustellen.

Die Menschen (nein, nicht alle, aber viele von ihnen) hatten das gute Einvernehmen mit ihm kurzerhand aufgekündigt und nahmen sich, was immer sie wollten, ohne ihn zu fragen. Lenzel wusste, dass dies das Ende ihrer bisherigen Gemeinsamkeit bedeutete und noch tiefer gebeugt als sonst begab er sich auf den Heimweg. So schwer war sein Herz an diesem Tag, dass ihn jeder Schritt unendliche Mühe kostete und er erst spät abends am Waldhof ankam. Seine Tiere erwarteten ihn bereits mit Ungeduld, denn auch sie ahnten, dass der heutige Tag alles verändern würde. Mit angstvollen Augen scharten sie sich um ihren Herrn. Der sah sie betrübt an und sprach:

„Meine lieben Freunde, unsere kleine Welt geht ihrem Ende entgegen. Wir müssen nun überlegen, wie wir in der kommenden, neuen Welt bestehen können. Lasst uns heute noch einmal alle miteinander das Dach teilen. Und morgen wollen wir entscheiden, was zu tun ist." Damit ging er voran in den Waldhof und seine Tiere folgten ihm traurig.

*

Am folgenden Morgen begann Lenzel, jedem der ihm Anvertrauten einen Weg in die Zukunft zu weisen, der sie frei und unabhängig wie bisher würde bleiben lassen. Zunächst wandte er sich an die Schweine Molto und Mesa. Für sie hatte er die einsame Schattenweide bei der Waldsenke vorgesehen. An dieser Stelle war der Boden morastig und zwischen den dahinterliegenden Felsen gab es viele Höhlen und Verstecke. „Dort", sprach Lenzel, „sollt ihr von nun an frei und unabhängig leben und eure Jungen aufziehen." Und zu den Zicklein sprach er: „Ihr werdet noch weiter wandern müssen, denn der schöne Wald mit den grasbewachsenen und kräuterreichen Lichtungen wird bald in Menschenhand sein. Deshalb müsst ihr in die Berge ausweichen, dorthin, wo es so steil ist, dass euch die Menschen nicht folgen können." Und er nannte ihnen als Wohnstatt das Zackengebirge, wo spitze Felsen in die Höhe ragen und der Himmel ganze Wolkenmeere sich ausregnen lässt. „An diesem Platz", so fuhr er fort, „werdet ihr eine Zuflucht finden. Aber ihr müsst auf der Hut sein, nicht nur vor den Menschen und den Gesteinsbrocken, die beständig den Berg hinabrollen, nein, ihr müsst auch auf den Adler achthaben, der über euch in den Lüften seine Kreise zieht." Das hörte sich überhaupt nicht gemütlich an und die Zicklein begannen eins ums andere herzerweichend zu meckern. Aber es half ihnen nichts. Um ihnen Mut zu machen, versprach Lenzel, sie so oft es ginge zu besuchen und nach dem Rechten zu sehen. Da war es den Zicklein gleich bedeutend wohler und sie fügten sich in ihr Schicksal.

Schließlich war noch eine neue Bleibe für den Daus und seine Dause zu finden und Galina begann aufgeregt zu schnackern, während Gambo mit erhobenem Federhaupte dastand. „Nun", begann Lenzel nachdenklich, „für euch wird es sehr schwer werden. Mir ist kein geeigneter Ort eingefallen, wohin ihr auswandern könntet. Ich fürchte, ihr werdet weiter in diesem Wald bleiben und euch so gut es geht versteckt halten müssen." Jetzt war auch Galina ganz still geworden. Das hatte sie nicht erwartet. Andererseits war es ihr ganz recht, dass sie keinen weiten Weg auf sich zu nehmen bräuchten. Und so schlimm, tröstete sie sich, würde es schon nicht werden.

Es war beinahe Mittag geworden, als sich die Bewohner des Waldhofes schließlich voneinander trennten. Alle sagten sich herzlich Lebewohl und es gab keinen, der sich nicht heimlich gewünscht hätte, dass man doch noch einmal glücklich hierher zurückkommen könnte. Mit dieser stillen Hoffnung im Gepäck schied man voneinander und jeder zog seines Weges. Und Emilio? Er blieb Lenzels treuer Gefährte, denn er war ihm auf seinen langen Reisen unentbehrlich.

So zogen die Monate dahin, der Sommer ging vorüber und es wurde immer betriebsamer im Lenzelwald: Menschen lärmten, Motoren heulten, schwere Maschinen wühlten den Boden auf und immer mehr Leben aus der alten Zeit erstarb. Erst schwiegen die Vögel, dann verschwanden innerhalb kürzester Zeit die gelb-grün glitzernden Käfer und die fantastischen Flatterlinge, danach die Stinkstiefel und Schlucknattern. Da wurde es sehr einsam im Wald. Die Dause fanden immer weniger Gefährten und das ständige Verstecksuchen war mühsam. Außerdem legten die Menschen überall Fallen und Netze aus, so dass Gambo und Galina nur noch selten ausgingen. Als Lenzel sie an einem Spätsommertag wieder einmal besuchte, dauerte ihn ihr Schicksal und er nahm sie und andere, die sich im Lenzelwald nicht mehr heimisch fühlten, mit hinauf ins Zackengebirge. Viele Jungdause aber waren arglos und unvorsichtig und gingen nach und nach den Menschen ins Netz. Doch Dause können in Gefangenschaft nicht überleben, so dass ihre Art schon bald als ausgestorben galt. Schließlich wurde der Lenzelwald immer mehr zum Menschenwald und Lenzel zog es nur noch selten dorthin. Mal besuchte er ihn an lauen, langen Sommertagen, mal in stürmischen Herbstnächten oder in dichtem Schneegestöber. Ganz besonders aber zog es ihn im erwachenden Frühjahr in seinen alten Wald zurück. Mit ein wenig Glück hätte man ihn sehen können, wie er auf seinem Esel über die Lichtungen reitet und von Wipfel zu Wipfel springt. Oder man hätte hören können, wie er mit den Bäumen spricht. Einige derjenigen, die behaupteten ihn gesehen zu haben, beschrieben ihn mit Filzhut und einem langen Mantel aus Tannennadeln. Andere versicherten, er habe Flügel gehabt und wieder andere hatten ihn mit einem Gehörn auf dem Kopf oder mit grau-braunem Fell und langen Ohren gesehen. So war das Aussehen Lenzels jedes Mal anders und es dauerte nicht lange, bis man ihn bei den Menschen gemeinhin für ein Hirngespinst hielt.

Doch einmal im Jahr, zur Osterzeit, werden der alte Brauch des Lenzelwaldes und mit ihm auch die Dause wieder lebendig. Dann nämlich, wenn wir draußen auf der Wiese nach bunten Eiern suchen und uns fragen, ob wir wohl auch dieses Jahr wieder welche finden werden. Wird uns der Lenz mit seiner fröhlichen und launigen Frühlingsluft wieder Eiergeschenke gebracht haben? Wird er uns Menschenkindern auch dieses Jahr wieder einige von seinen überzähligen Dauseneiern zukommen lassen, um uns zu erfreuen? Und wenn wir endlich das Osternest gefunden haben und wie so viele Generationen vor uns überrascht und glücklich zugleich ausrufen: „*Ei der Daus!*", dann spätestens wissen wir bestimmt, dass die Geschichte vom Lenzelwald eine wahre Geschichte ist.

Anmerkung:

Natürlich müsste es richtigerweise heißen: *„Ei der Dause".* Wie so oft aber ist es der Nachlässigkeit und Sprachfaulheit von uns Menschen zuzuschreiben, dass dieses End-e verschluckt wird (was ja beileibe nicht die unangenehmste Eigenschaft unserer Spezies ist). Auch der bekannte Ausdruck *„in Daus und Braus leben"* lässt uns erahnen, wie wunderbar nahrhaft die Dauseneier waren. Und so leben die Dause - außer möglicherweise in weit entfernten Gebirgslanden - zumindest in unserer Sprache bis heute weiter.

Lumbu

Es war einmal eine Hasenfamilie, die in einem sehr abgelegenen Teil des Feldlandes lebte. Das war ein schönes Fleckchen Erde, aber die Hänge waren steil und der Boden steinig. Überall standen oder lagen beeindruckende vielhundertjährige Baumstämme oder wenigstens ihre Stümpfe herum und in und um die felsigen Hänge und Gehölze heulte der Wind und buhte der Uhu. Es war ein wenig unheimlich dort, so dass sich die Menschen, die sich zufällig dorthin verirrten, schnell wieder davonmachten. Keine Straße und kein Weg führten dorthin und das *Windholz*, wie man es nannte, blieb ganz sich selbst überlassen.

Nun bleibt ein solches Fleckchen Erde natürlich nicht gänzlich unbewohnt, zumal wenn es nicht von Menschen besetzt ist. Und so kam es, dass sich eines Tages ein stattlicher, silbergrauer Feldhase mit Namen Muckel und seine Hasenfrau dort ansiedelten. Unter einem spitz vorstehenden Felsgestein fanden sie einen geeigneten Platz für das Familiennest, denn hier war die Erde durch die Wurzeln eines längst abgestorbenen Baumriesen leicht aufgelockert. An einem sonnigen Herbsttag begannen beide mit dem Graben ihres Baus. Und da Muckel ein sehr umsichtiger Hasenpapa war, wurde er nicht müde, nach der ersten Kammer weitere Kammern, Stuben und Nischen anzulegen, ebenso weitere Seiten- und Notausgänge. Man konnte ja nie wissen. Das war sehr vorausschauend gedacht und sollte sich als durchaus notwendig erweisen, denn bald brachte seine Hasenfrau sieben kleine Hasenkinder zur Welt. Das war vielleicht eine Freude! Auch war unser Muckel ein sehr fürsorglicher Papa: während seine Hasenfrau mit Füttern, Waschen und Wärmen der Kleinen vollauf beschäftigt war, fegte und räumte er den Hasenbau sauber. Als es dann endlich wärmer wurde, brachte er duftendes Moos mit nach Hause, damit seine Frau und die wiependen und fiependen Hasenkinder es schön gemütlich hatten.

Nach einigen Wochen, als draußen die letzten Schneereste weggeschmolzen waren und zwischen den moosbedeckten Steinen unzählige Märzenbecher blühten und im Sonnenlicht blinkten, begann den kleinen Hasenkindern ein Haarkleid zu wachsen. Die meisten bekamen ein erdbraunes Fell mit mehr oder weniger dunklen Flecken und Streifen. Eines war ganz schwarz gefärbt mit lediglich einem weißen Vorderpfötchen, eines war ganz erdbraun mit einem großen weißen Tupfen auf der Nase und eines sah aus wie ein bunter Flickenteppich: hauptsächlich war es braun, aber viele Stellen waren grau oder grau-weiß getupft, gesprenkelt oder gestreift. Das Köpfchen war zur einen Hälfte grau, zur anderen braun und zwischen und um die winzigen Ohrspitzen lugte bereits ein vorwitziges Fellbüschel hervor, gerade so, als wollte diesem Hasenkind auch noch eine Löwenmähne wachsen.

Während draußen der Frühling mit seinem wärmenden Licht immer mehr Pflanzen und Tiere hervorlockte, wuchsen Muckels Hasenkinder prächtig heran. Bald öffneten sich ihre Äuglein und in ihren Mäulchen konnte man erste Zähnchen erkennen. Der kleine Haufen wurde immer munterer und lebendiger und bald unternahmen die Winzlinge erste Erkundungen, die sie auch über den Rand ihres Nestes hinausführten. Die Hasenmama ließ sie gewähren, hatte jedoch immer ein Auge auf sie. Der erste und letzte Ausflügler, der immer vorneweg und den größten Entdeckerdrang zeigte, war der flickenfarbige Nachkömmling, der von seinen Eltern den Namen Lumbu erhielt. Er war zwar kleiner als seine großen Schwestern, dafür aber nicht so langweilig wie sie, die immer brav in der Nähe von Mamas Nest blieben. Da waren dem kleinen Lumbu seine jüngere Schwester Pinki und der immer etwas zurückhaltende Bruder Filo mit dem weißen Nasenfleck viel lieber. Und so kam es, dass diese drei bald zu einer verschworenen kleinen Abenteuergemeinschaft wurden: Lumbu lief voran, Pinki folgte und Filo, vorher alles bedenkend und absichernd, hoppelte zögerlich hinterdrein.

Als den kleinen Hasenkindern ihr Fellkleid gewachsen war, nahmen die Eltern sie mit vor den Bau. Da standen sie nun vor einer leuchtend grünen Wiese, die voller Leben war und wo tausend Abenteuer hinter jedem Grashalm lockten. Am liebsten wären sie alle auf der Stelle losgesprungen und in die Wiese hineingehüpft, um diese neue Welt zu berühren und kennenzulernen. Doch erst einmal mussten sie die mahnenden Worte der Eltern anhören, die sie vor dem listigen Fuchs, dem heimlichen Marder und dem grausamen Bussard warnten. Das war sehr ernüchternd. Dann durfte man ja gar nichts mehr! Lumbu war sehr enttäuscht. Das hatte er sich nun wirklich anders vorgestellt.

*

In dieser Frühjahrszeit kam es vor, dass die Eltern zu geheimnisvollen Hasentreffen einberufen wurden und manchmal mehrere Stunden nicht zu Hause waren. Das war alles sehr aufregend. Viel wichtiger aber war es, dass man in dieser Zeit einmal ohne Aufsicht war und Neues erkunden konnte. Das waren für Lumbu die schönsten Stunden. Schon beim Aufwachen spitzte er seine Öhrchen, ob denn heute wieder ein Ausgehtag der Eltern sei. Und wenn sie endlich fort waren, flüsterte er mit Pinki und Filo, was sie heute alles unternehmen wollten. Auf diese Weise hatten sie neben dem zweiten Seitenausgang eine verlassene Igelhöhle entdeckt, mit Familie Wanda Wanze Bekanntschaft geschlossen und sogar eine echte Hummelkönigin kennengelernt. Aber was wohl auf der anderen Seite des Heimatfelsens noch alles zu entdecken war? Das wollte, nein, das *musste* Lumbu unbedingt herausfinden. Und er hatte beschlossen, dass h e u t e der geeignete Tag dafür war.

Unbeachtet von den vier großen, sich gegenseitig das Fell frisierenden Schwestern drückten sich die drei Abenteurer zum hinteren Seitenausgang hinaus. Draußen angekommen stellte sich Lumbu auf seine Hinterpfoten, horchte und schaute, den Kopf und die Ohren drehend, in alle Richtungen und hoppelte dann so schnell er konnte durch das taufrische Gras auf eine dichte Wildrosenhecke zu. Dort angekommen duckten sich die drei am Boden entlang bis zum Rand des Felshanges. Die Herzchen schlugen höher in ihrer Brust so aufgeregt waren sie. Endlich! Das Wildrosendickicht wurde lichter und sie sahen - - nur noch mehr Gehölze, Felsen und Baumstümpfe. Dabei hatten sie sich so viel versprochen. Da saßen sie nun ziemlich ratlos, als ein unsichtbares Wesen sie plötzlich ansprach:

„He, ihr da! Was treibt ihr euch in meinem Vorgarten herum?" Sie erschraken mächtig. Was, wenn das jetzt ein Fuchs wäre, schoss es ihnen durch die kleinen Köpfe. Ängstlich kauerten sie sich zusammen, als ein sechsfüßiges Krabbeltier furchtlos vor sie hintrat, sich vor ihnen aufbaute und sie noch einmal zusammenstauchte. Die drei wussten nicht recht, was das für ein Tier war, aber für einen Fuchs schien es ihnen doch zu klein. Da fasste sich Lumbu ein Herz und antwortete:

„Guten Tag. Wir haben hier doch nur ein bisschen gespielt und bestimmt nichts angefressen."

„Soso", antwortete das Krabbeltier und musterte ihn argwöhnisch. Dann blickte es prüfend nach rechts und links, um festzustellen, dass auch wirklich nichts beschädigt worden war. Da dies offenbar der Fall war, sprach es mehr zu sich selbst murmelnd: „Naja, scheint zu stimmen, was du sagst", und wandte sich zum Gehen. Lumbu traute sich nun näher heran und sprach vorsichtig:

„Ach Herr Gärtner, würdet Ihr uns nicht einmal Euren Garten zeigen? Wir interessieren uns nämlich sehr dafür und möchten gern mehr darüber lernen."

„Soso", antwortete das Krabbeltier erneut und schaute skeptisch, um schließlich festzustellen, dass diese drei Hasenkinder eher ungeeignet für seine Art von Garten seien. „Da, schaut nur", sagte es schließlich, „dort oben auf den Spitzen der Rosenzweige sind meine Gärten. Ich bewirtschafte dort einen großen Blattlausgarten. Leider seid ihr zu schwer, um dort hinaufzuklettern. Aber wie es scheint, seid ihr anständige junge Hasen. Und da wir Ameisen gastfreundliche Tiere sind, will ich euch gerne einmal von unserem Lausewein zu kosten geben." Schon stampfte es einige Male auf den Boden und bald kamen weitere Mitglieder seines Stammes herbei und beäugten er-staunt die Besucher. Dann erschienen drei Ameisen mit blattgrünen Schürzen um die Leibmitte gebunden und überreichten jedem der Hasenkinder eine Eichelkapsel voll Lausewein. Der glitzerte in der Sonne wie Gold und schmeckte herrlich! Wie gerne wären sie nach so vielen neuen Eindrücken und Erlebnissen noch länger bei den Ameisen geblieben, doch Filo erinnerte sie daran, lieber wieder zum Hasenbau zurückzukehren. Und es war auch höchste Zeit, denn nur kurze Zeit später kamen die Eltern ebenfalls wieder nach Hause.

*

Ermuntert durch dieses schöne Erlebnis unternahm die Gruppe nun öfter kleine Ausflüge und Erkundungen. Die Eltern blieben immer länger fort und oft kamen sie heim mit bunten Klecksen auf ihren Gesichtern und wundgelaufenen Pfoten. Was machten sie nur dort draußen? Das, so sagten sie, würden die Jungen schon bald erfahren, wenn sie erst einmal die Häschenschule besuchten. Aber wer wusste schon, wann das sein würde? Ungeduldig wie er war, wollte Lumbu so lange nicht abwarten, sondern schon jetzt die Welt erkunden. Deshalb kam ihm eines Tages die Idee, sich in einem der Körbe der Eltern zu verstecken. Der Korbboden war mit getrocknetem Heu und Moos weich ausgepolstert und dorthinein drückte sich der kleine Lumbu so tief, dass er nicht mehr zu sehen war. Sein Näschen steckte er zwischen den Weidenruten hindurch, damit er genug Lust zum Atmen bekam, und richtete sich in seinem Versteck ein. Und als sich dann ganz früh am Morgen Papa Muckel und seine Frau wieder einmal auf den Weg machten, ging der kleine Lumbu mit auf die Reise. Dabei war er ganz Ohr, um seinen Geschwistern später alles genau berichten zu können. Doch seine Geduld wurde auf eine harte Probe gestellt. Stundenlang geschah gar nichts, seine Eltern hoppelten und hoppelten immer weiter weg von ihrem Heimatbau und Lumbu wurde ziemlich durchgeschüttelt. Das war auf die Dauer gar nicht lustig. Beinahe bereute er es, überhaupt mitgekommen zu sein. Dann hörte er andere, viele andere Hasen, die aufgeregt miteinander sprachen. Da spitzte er seine Öhrchen so weit in die Höhe, dass sie aus den Weidenruten herausragten und er den österlichen Hasengesang hören konnte:

"Ei, ei, ei

der Hühner hab ich drei,

Ein jedes legt fünf Eier heut,

dass jedermann sich drüber freut.

Ei, ei, ei,

und ich bin wieder frei."

Komisch, dachte sich Lumbu, Hasen essen doch gar keine Eier. Doch ehe er weiter darüber nachdenken konnte, hörte er auch schon die ersten Eierkarren heranrollen, die voll buntbemalter Eier waren. Jeder Trägerhase stellte nun seine Korbtrage zu dem Karren, wo sie umsichtige Packer befüllten. Da wurde es für den kleinen Lumbu ziemlich ungemütlich, nicht einmal mehr regen konnte er sich. Zum Glück bekam er noch frische Luft, so dass er sich ganz still verhielt, als das Gehoppel schließlich wieder einsetzte. Jeder Träger hatte offensichtlich ein bestimmtes Gebiet mit den Eiern in seinem Korb zu beliefern. War er damit fertig, musste er wieder zum Lager, um erneut Eier aufzunehmen und auch diese auszuliefern. Das war ein ziemlich mühseliges Geschäft und da so gar nichts Aufregendes dabei geschehen wollte, kam es, dass der kleine Lumbu schließlich trotz all des Gehoppels einschlief.

So viel war an diesem Tag für die Eierträger zu tun, dass die Arbeit erst spät am Nachmittag beendet war. Als Lumbu aufwachte, begann es bereits dunkel zu werden. Das Gehoppel hatte aufgehört, offenbar war sein Papa inzwischen wieder zu Hause und hatte den Korb abgestellt. Vorsichtig schüttelte Lumbu dürre Grashalme von seinem Rücken, kletterte hinauf zum Rand des Korbes und lugte umher. Aber da war niemand. Er sprang auf den Boden, stellte sich auf die Hinterpfoten und horchte und schnupperte umher. Alles war so fremd hier. Wo waren bloß Pinki und Filo, fragte er sich, als er gedämpfte Stimmen wahrnahm. Offenbar war man gerade beim Abendessen. Da fiel dem kleinen Lumbu ein, dass er seit dem Morgen nichts mehr gefressen hatte und ohne nachzudenken hüpfte er in Richtung der Stimmen.

„He, hallo! Wer bist du denn?", rief ihn eine überraschte Stimme an. Lumbu erschrak, das war ja gar nicht sein Papa. Oh nein! Ein anderer Hase hatte die Trage seines Papas an sich genommen und ihn mit in seinen Bau getragen.

Die fremde Hasenfamilie staunte nicht schlecht über den Ausreißer, der sich in ihren Bau verirrt hatte. Gastfreundlich, wie alle Hasen sind, gaben sie ihm gerne von ihrem Körnervorrat und ihrem Heu zu fressen und ließen ihn in ihrem Bau übernachten. Natürlich fragte Lumbu, ob seine Gastgeber nicht wüssten, wo das *Windholz* sei, aber davon hatten diese Hasen noch nie etwas gehört. Und bleiben konnte Lumbu auch nicht, denn die fremde Hasenfamilie hatte nur einen sehr kleinen Bau und fünf Junge, die noch so winzig waren, dass sie gesäugt werden mussten. Da war für Lumbu kein Platz und er musste schon am nächsten Tag wieder fort. Wohin sollte er jetzt bloß gehen? Wenn er nur Filo hätte um Rat fragen können. Ganz allein unterwegs zu sein, war überhaupt nicht mehr aufregend. So trottete er unsicher einen Wiesenweg entlang, lauschte mit gestreckten Ohren in alle Richtungen und ab und an stellte er sich auf die Hinterläufe, um einen Rundumblick zu wagen. Aber an diesem Tag war sogar der Himmel traurig. Es war bewölkt und hie und da fielen Tröpfchen, halb Schnee halb Regen. Auch der kleine Lumbu vergoss manche Träne. Als es Mittag war, erreichte er einen Bach, der viel Wasser mit sich führte. Wie sollte er den bloß überqueren? Er konnte ja nicht schwimmen. Da blieb ihm nichts weiter übrig, als am Ufer entlang zu laufen, bis er so erschöpft war, dass er sich zwischen den schützenden Wurzeln einer uralten Uferweide verkroch und dort auf der Stelle einschlief.

*

Wieder war es dunkel, als er endlich zu sich kam. Er lag jetzt in keinem schützenden Bau und hörte zum ersten Mal die Geräusche der Nacht. Überall knackte und knisterte es geheimnisvoll und an dem nachtschwarzen Himmel hingen unzählige Lichter. Das war überwältigend und Lumbu streckte seine Ohren aufgeregt in alle Richtungen. Da erschallte plötzlich ganz nah ein dunkles „B U H U U!", das ihn zusammenzucken ließ. War das ein Fuchs? Oder der Marder?

„He, Bürschchen!", rief es jetzt. „Was treibst d u - h u u denn da?"

Lumbu blickte in Richtung der Stimme, konnte aber nichts erkennen. Dann näherte sich ein Flügelrauschen und ein grau-weißes Flügeltier ließ sich majestätisch auf einem in der Dunkelheit unsichtbaren Steinthron nieder.

„Na sieh einer an", unkte es jetzt, „bist d u - h u u nicht ein kleiner Hase? Was hast du denn hier verloren?"

Lumbu musste schluckten und beschloss, dem Unsichtbaren Rede und Antwort zu stehen. Sehr feindselig schien er jedenfalls nicht zu sein. Während Lumbu von seinem missglückten Abenteuer im Eierkorb erzählte, gab der Vogel noch manches „U u u - h u u – h u u !" von sich, um abschließend festzustellen: „Na, das ist ja eine schöne Geschichte." Lumbu sah in zwei gelbe Scheiben mit dunklen Schlitzen darin, die ihn lange eindringlich anblickten.

„N u - h u u h n ", so lautete das Ergebnis der Überlegungen, „da ist guter Rat teuer, mein kleiner Freund. Wenn wir dir helfen sollen, werde ich wohl einen Eulenrat einberufen müssen. D u - h u u u bleibst inzwischen hier und rührst dich nicht vom Fleck, klar?"

Mit sanftem Flügelrausehen entfernte sich die Eule, setzte sich wieder oben auf den Baum und uhuuute in die Nacht hinaus. Es dauerte nicht lang, bis weiteres Flügelrauschen einsetzte und immer mehr Uuuhs, B U H U U U S und Huu-huus zu hören waren. Lumbu kroch wieder in seine Wurzelhöhle und nagte vor Aufregung und Hunger an der Baumrinde herum. Nach beinahe einer Stunde flatterte die erste Eule wieder herab, gefolgt von einigen anderen, die sich den Findling auch einmal aus der Nähe betrachten wollten.

„So, mein kleiner Hase, wir haben uns soeben geeinigt, wie wir dir helfen können." Lumbu horchte auf, ein Ohr zum Himmel gereckt und eines nach vorne geknickt in Richtung der großäugigen Eulen. „Wenn du wieder nach Hause kommen willst, wo das auch sein mag, so musst du nur immer in eine Himmelsrichtung wandern. Da die Erde eine Kugel ist, wirst du logischerweise irgendwann wieder dahin kommen, wo du hergekommen bist." Lumbu staunte über die Weisheit der Eulen. Wenn er doch nur in der Häschenschule gewesen wäre, dann hätte er auch selbst auf diese Idee kommen können.

„N u - h u u h n ", brummte die Eule weiter, „das wird ein schwerer Weg für dich. U u – h u u n d wenn du Pech hast, wird es sehr lange dauern, bis du heimfindest. Aber du hast wirklich großes Glück, kleiner Hase, denn heute ist Vollmond und in Nächten wie diesen können wir eine bereits vorhandene Begabung so weit verstärken, dass es dir helfen wird, den vor dir liegenden Weg zu bestehen. Willst d u - h u u dieses Geschenk von uns annehmen?"

Und wenn sie dich jetzt in einen Stein verzaubern?, dachte Lumbu nervös. Oder in eine Maus, die sie anschließend auffressen? Denn von solchen faulen Zaubern hatte er schon gehört. Andererseits befand er sich in einer ziemlich trostlosen Lage, viele Möglichkeiten hatte er nicht. Und wenn sie ihn fressen wollten, warum dann die ganze Mühe? Vielleicht wollten sie ihm ja wirklich nur helfen. Da stand er nun ganz gerührt und wusste gar nichts zu antworten.

Am nächsten Morgen war Lumbu wieder allein und er glaubte, die Begegnung mit den Eulen nur geträumt zu haben. Doch irgendetwas war anders als gestern. Langsam kroch er zwischen den Weidenwurzeln ins Morgenlicht und blickte sich um. Aber was war das? Seine Ohren waren über Nacht gewachsen. Sie waren mindestens doppelt so lang wie bisher und er konnte Töne und Geräusche hören, die er vorher noch nie gehört hatte: wie das Holz der Bäume knarrte und knurrte, wie das Wasser im Bach rieselte, rann und rauschte und die Kiesel am Bach mit dem Wasser sangen. So viele neue Töne und so viel Neues gab es zu entdecken, das war so recht nach seinem Geschmack. Glücklich sprang er umher, um sich bei den Eulen für das schöne Geschenk zu bedanken. Aber sie waren alle verschwunden.

*

So machte sich Lumbu auf, um endlich den Weg nach Hause zu finden. Er hoppelte in Richtung Morgensonne am Bachlauf entlang und es dauerte nicht lange, bis er vor sich unzählige silbrige Fische im Wasser fächeln hörte.

„Guten Tag", rief er sie an. „Könnt ihr mir vielleicht sagen, wie ich auf die andere Seite des Baches komme?"

Die Fische staunten nicht schlecht darüber, dass sie ein Wanderer vom Ufer aus bemerkt hatte und wichen erschrocken zurück. Erst nach einer kleinen Weile fragten sie zögerlich:

„Wer bissst du?"

„Mein Name ist Lumbu", stellte sich der kleine Hase höflich vor. „Ich suche den Weg nach Hause und muss diesen Bach überqueren. Aber ich kann nicht schwimmen. Könnt ihr mir nicht helfen?" Die Fische aber waren vorsichtig. Zu oft schon hatte man sie mit Ködern eingefangen. Und wer wollte wissen, ob das nicht auch einer war?

„Woher sssollen wir wisssen, ob wir dir trauen können? Wir kennen dich ja nicht."

Offenbar kannten die Fische keine Hasen, so dass Lumbu ihnen vom *Windholz* erzählte und dass sein Papa beim Eiertragen die Trage vertauscht habe und er dadurch verlorengegangen sei.

„Ach sssso!", säuselten sie erleichtert, „dein Papa issst ein Eierträger. Warum sssagst du dasss nicht gleich?" Und schon sammelten sich die silbrigen Fischleiber, schwammen zur Wasseroberfläche hin und bildeten mit ihren Körpern eine lebende Brücke. Da musste Lumbu nur wenige Male hüpfen und schon war er glücklich auf der anderen Seite angelangt. Er war wirklich sehr erleichtert und verabschiedete sich von den freundlichen Fischen mit einem dankbaren Klopfen seiner Hinterläufe.

Auf einer nahegelegenen Wiese entdeckte er bald darauf leuchtend gelbe Blumen, die ihn fröhlich anlächelten und unwiderstehlich anzogen. Er beschnupperte sie und probierte schließlich von ihren Blättern. Das war das Beste, was er je gefressen hatte! Und da er großen Hunger hatte, knabberte er sich in der Wiese voran: mal hier etwas abzupfend und kostend, mal dort etwas kauend und immer mehr Blätter und Blüten verschwanden in seinem Mäulchen. Bei diesem Festmahl vergaß der kleine Hase die ganze Welt um sich herum, sogar das erste Hasengebot, immer auf der Hut zu sein. Plötzlich bemerkte er fast gleichzeitig einen Schatten von oben und hörte einen schrillen Pfiff von rechts. Instinktiv sprang er dem Pfiffe nach, dorthin, wo sich ein Erdhaufen auftürmte und ein schmales Loch geradewegs in die Erde hinein führte. Als kleiner Hase passte er wunderbar durch den Eingang. Es war auch allerhöchste Zeit! Nur knapp entging er den bereits ausgefahrenen Klauen eines Bussards, der jetzt ohne Beute wieder in die Lüfte abzog. Diese Krallen hätten ihn zweifellos wie Säbel durchbohrt. Ganz außer Atem saß er jetzt da und blickte ins Dunkel des Erdbaus. Da näherte sich ihm der Besitzer des Baus, der sich als Munkard Maulwurf vorstellte und ihn vorwurfsvoll fragte, was er denn so ganz allein dort oben auf der weiten Wiese treibe und ob er denn keine Ohren am Kopf habe. Lumbu stand ziemlich beschämt da. Jetzt hatte er schon so lange Ohren und doch nicht aufgepasst. Das, so nahm er sich vor, sollte ihm nicht noch einmal passieren.

Von Eierträgern und ihren Frühlingsliedern hatte auch Munkard Maulwurf schon viel gehört. Aber wo sich das *Windholz* befand, das wusste er nicht zu sagen. Es war offenbar noch sehr weit bis dorthin. Da wurde dem kleinen Lumbu sehr bange und ermattet setzte er sich nieder.

„Nun lass mal den Kopf nicht hängen", tröstete ihn sein Retter. „Du hast doch vier gesunde Pfoten, zwei lange Ohren und bist auch sonst nicht auf den Kopf gefallen. Also nutze deine Gaben und du wirst den richtigen Weg schon finden." Als es draußen duster wurde, machte sich Lumbu wieder auf den Weg. Beim Abschied kramte der hilfsbereite Maulwurf einen alten braunen Blattranzen hervor, den er mit allerlei Wurzeln, getrockneten Früchten und Nüssen aus seiner Vorratskammer gefüllt hatte und seinem neuen Freund mit auf den Weg gab.

*

Immer mehr erkannte Lumbu, dass es am sichersten war, sich auf sein Gehör zu verlassen. Von da an wanderte er bevorzugt in der Dämmerung und stets in Richtung Osten. Dabei kreuzte er Felder und Wege, überwand Wasserläufe und Gräben und erkletterte Hänge und Hügel. Buchenwälder mit kräuterreichen Lichtungen waren seine Lieblingsplätze, aber er hielt sich auch gerne in hohlen Baumstämmen, Felsnischen und trockenen Grashaufen auf. Mit seinen verzauberten Ohren, die er von den Eulen geschenkt bekommen hatte, konnte Lumbu in der Dunkelheit selbst die entferntesten Stimmen und Geräusche wahrnehmen, so dass er vor Feinden immer rechtzeitig gewarnt war. Und vieles von dem, was er hörte, war so wunderschön und fantastisch, dass er sich gar nicht mehr allein fühlte. Überall regte sich jetzt das Leben: Wiesenveilchen fiedelten süße Melodien, Regentropfen, aufgereiht in Spinnennetzen, summten im Chor und allerlei Gezweig und Blattwerk tanzte ausgelassen im Sommerwind. So ging das Jahr dahin, dann ein weiteres und noch eines und Lumbu zog immer noch in Richtung Morgensonne, so wie die Eulen es ihm geraten hatten.

Inzwischen hatte er viele Länder und sogar Kontinente durchstreift und eine Unmenge neuer Bekanntschaften geschlossen. Alle waren freundlich zu ihm gewesen und hatten sich über seine langen Ohren gewundert. So einen Hasen hatten sie - wenn überhaupt - noch nie zu Gesicht bekommen. Manche waren anfangs vorsichtig, aber immer wenn Lumbu erzählte, dass seine Eltern Eierträger waren, wurde er gerne als Gast willkommen geheißen. Und mit der Hilfe aller gutgesinnten Fische, die ihm über die Wasser Brücken bauten, mit der Hilfe aller Verwandten von Munkard Maulwurf, die Prärien, Steppen und Hochlande bevölkerten, und ganz besonders mit der Hilfe aller Eulen, Käuze und Fledermäuse, die ihn über die höchsten Berge und tiefsten Schluchten hinwegtrugen, ging Lumbu seinen Weg immer weiter und weiter. Denn er glaubte fest daran, eines Tages doch noch das *Windholz* zu finden und wieder da anzukommen, von wo er gekommen war.

An einem kühlen Herbsttag, nach etlichen Jahren der Wanderung, erreichte Lumbu einen dunklen Wald, der wie eine undurchdringliche Wand vor ihm aufragte. Was wohl in diesem Wald sein mochte, fragte er sich und fröstelte ein wenig. Er reckte wie gewohnt seine langen Ohren in die Luft, aber er vernahm nur eine große Stille. Er wurde ganz andächtig und zögernd trat er in den Wald hinein. Die Bäume standen hier dicht an dicht und ihre Stämme waren voller Moos. Herabgefallenes Herbstlaub bildete einen bunten, weichen Teppich, dazwischen wuchsen allerlei Pilze. Lumbu setzte sich auf die Hinterpfoten und schnupperte und horchte umher. Er fühlte sich wie in einer hohen und heiligen Halle. Irgendwo da vorne fiel schräg durch die Baumstämme ein sonnengelber Lichtkegel in den Wald hinein. Als er näherkam, hörte er in der Ferne ein vielstimmiges leises Trommeln. Da blieb er einfach stehen, um die Bewohner dieses Fleckchens Erde zu erwarten. Nach einer Weile erhob sich etwa zehn Hasenlängen vor ihm ein Wesen, das er aber nicht erkennen konnte, weil er in die Sonne schauen musste und dadurch geblendet war. Um ihn herum rischelte und raschelte es, offenbar waren es ziemlich viele. Da sprach das im gelben Abendlicht vor ihm stehende Wesen:

„Guten Abend, Freund. Wer bist du und wohin führt dein Weg?"

„Ich, ääh..., guten Abend auch", stotterte Lumbu. Diese Stimme kam ihm seltsam vertraut vor. Woher kannte er sie nur? War er hier schon einmal durchgekommen?

„Sag, Freund", sprach die Stimme jetzt weiter, „bist du nicht schon einmal hier gewesen? Tritt nur ein wenig näher, damit ich dich besser sehen kann."

Lumbu tat wie ihm geheißen und im nächsten Augenblick erkannte er seinen Bruder Filo, der ihm schon freudig entgegenhoppelte. Endlich! Nach so langer Zeit war er tatsächlich wieder im *Windholz* angekommen! Genauer gesagt hatte Lumbu, wie er jetzt erfuhr, den dichten grünen Mooswaldgürtel betreten, der das *Windholz* umgab und der es von der Außenwelt abschirmte. Deshalb war es der Welt draußen auch unbekannt geblieben und Lumbu hatte auf seiner Reise niemanden gefunden, der ihm den Weg nach Hause hatte weisen können.

*

Vieles hatte sich geändert in den vergangenen Jahren: Vater Muckel war vom Pilzesammeln nicht mehr zurückgekommen und die Hasenmama war nach einem strengen Winter vor Entkräftung gestorben. Von seinen Schwestern lebten nur noch zwei im *Windholz* und Pinki war weit weg in die Schneeberge gezogen. Doch der alte Muckelbau stand noch, größer und geräumiger als je zuvor. Viele neue Generationen hatten ihn erweitert, so dass eine stattliche Hasenburg entstanden war. Vor dem Haupteingang wuchs eine prächtige Kleewiese zum Spielen, daneben gab es sorgsam angelegte Gemüsebeete mit allerlei Kräutern und Knollengewächsen zu bestaunen. Auf den Hängen rundum wuchsen wilde Rauke und

Möhren und dahinter erhoben sich Beerengehölze und Haselsträucher. Und das Schönste war: überall hinter den Baumwurzeln und Büschen lugten neugierige kleine Hasenkinder hervor, um den Oheim Lumbu zu bestaunen, von dem sie schon so viel gehört hatten.

Später, in der Häschenschule, erzählte Lumbu ihnen allen von seiner Weltreise und seinen wunderbaren Abenteuern. Und damit all die kleinen, unternehmungslustigen Hasenkinder so wie er heil durch die Welt kämen, gab er ihnen den guten Rat, in einer Vollmondnacht unter einer alten Weide auf die weisen Eulen zu warten, damit auch ihnen verzauberte langen Ohren wachsen würden. Und Filo, den sie auch den Filosofen nannten, schrieb all dies auf Eichenblattpergament nieder. So wurde es zu einer Tradition, die nicht mehr vergessen werden konnte und von einer zur anderen Hasengeneration weitergegeben wurde. Wo immer nun Hasen zur Frühjahrszeit an geheimen Orten mit anderen Hasen zusammentrafen, um als Eierträger das Osterfest und den lang ersehnten Frühling einzuläuten, trugen sie auch Lumbus Botschaft weiter bis in den hintersten Winkel dieser Erde: von den Schneebergen des Nordens bis zu den Sanddünen der Wüsten und von den windumtosten Hochebenen bis zu den fruchtbaren Feuchtwiesen und fischreichen Flussmündungen: eben überall dorthin, wo Hasen wohnen.

Nachtrag:

Und Lumbu? Was ist aus *ihm* geworden?

Nun, er lebte noch einige Jahre als Hasenlehrer, bis er an einem späten Herbsttag unter einem Holundergebüsch friedlich einschlief. Gleich daneben begruben sie ihn und pflanzten eine Wildrosenhecke auf seinem Grab. Und wenn ihr je einmal das *Windholz* finden und besuchen solltet, werdet ihr an genau dieser Stelle die größte und schönste Wildrose in der ganzen Gegend finden. An ihren Blüten und auf ihren Blättern krabbelt und knabbert es unaufhörlich und nirgends wird ein besserer Lausewein geerntet. Und so viel ist sicher: dieses Ende hätte unserem Lumbu sehr gut gefallen.

Als der Osterhase krank wurde

Draußen war es noch ganz dunkel und Frost und Schnee hatten das Land fest im Griff. Das Bächlein war von einer dicken Eisschicht bedeckt, die wiederum von Schneeflocken wie von Puderzucker bestäubt dalag. Nichts regte sich. Kein Laut war zu hören, nur der Wind pfiff durch die kahlen Baumkronen und wirbelte ab und an ein wenig von dem Puderzucker durch die Lüfte. Am Bach entlang verlief ein schmaler Weg, den viele Bewohner des Landes gerne nutzten. Zu dieser Jahreszeit war er jedoch zugeschneit und die wenigen Spuren, die sich darin abzeichneten, waren schon nach kürzester Zeit wieder von Schnee bedeckt.

Jeder der jetzt nicht nach draußen musste, war froh in einem schützenden und warmen Bau zu sitzen. So auch Meister Hase, der in der Nähe dieses Bachlaufs an einem Hohlweg unter einem hohen Haufen Altholz seinen Bau errichtet hatte. Er war ein sehr erfahrener Hase, der älteste und weiseste weit und breit. Deshalb nannten ihn alle Tiere Meister Hase. Auch sah er sehr würdig aus: er trug einen weißen Bart, hatte kluge braune Augen und unglaublich große, hellhörige Ohren. Im Laufe seines langen Lebens hatte er viele Erfahrungen gesammelt, dazu viele Hasengenerationen kennengelernt und viele Geschichten und Weisheiten der Alten gehört, so dass alle Tiere gerne seinen Rat einholten und befolgten. Auch schätzten sie seinen ausgeprägten Sinn für Gerechtigkeit, denn Meister Hase achtete den Lebensraum und die Rechte aller Geschöpfe, auch die der kleinen und unbedeutenden.

In jenem Jahre, von dem ich berichten will, war der Winter ungewöhnlich streng. Alle Tiere sehnten sich nach dem Frühling, nach sonnerwärmter Erde und hellem Licht. Viele hatten ihre Wintervorräte schon aufgebraucht und mussten improvisieren. Manche bekamen etwas von ihren Nachbarn, andere waren gezwungen, mühsam unter der Schneedecke nach einem Samenkörnchen des Vorjahres zu scharren, mit welkem Blattwerk und verschrumpelten, bitteren Hagebutten Vorlieb zu nehmen oder an zäher Baumrinde zu nagen. So brachten Kälte und karge Kost viele Tiere in Bedrängnis und mancher, der gezwungen war bei Wind und Wetter auf Nahrungssuche zu gehen, wurde ernstlich krank. Doch auch die dunkelste Nacht und der strengste Winter gehen einmal zu Ende und so kam es, dass an einem Tag Mitte März die undurchdringlich graue Wolkendecke aufbrach und die ersten warmgelben Lichtstrahlen zur Erde fielen. Bantu der Igel, der vor lauter Hunger schon aus seinem Winterschlaf erwacht war und unter der alten Weide nach etwas Fressbarem Ausschau hielt, blinzelte ungläubig zum Himmel hinauf. Er hielt inne, reckte sein Näschen in die Höhe und schnupperte aufgeregt. Kein Zweifel: das war der Duft des Frühlings! Er war zwar noch weit entfernt, aber das warme Licht war ein erstes gutes Zeichen. Endlich! Bruno der Fuchs hatte bei einem seiner Streifzüge ebenfalls den Frühling in der Ferne gerochen, was er schleunigst seiner ganzen Sippe mitteilte. Auch Meinhard Marder, Ella Eule und Bardo Spatz wussten die Zeichen zu deuten. Und so verbreitete sich die frohe Kunde wie ein Lauffeuer unter allen Tieren.

Nun fällt bei uns Menschen das Ende des Winters und der Beginn des Wachsens und Werdens ja auf die schöne Osterzeit, wenn der Himmel sein schönstes Blau, der Löwenzahn sein schönstes Gelb und die Wiese ihr schönstes Grün zeigen. Überall leuchten bunte Farben, Kleckse und Tupfer, überall kreucht und fleucht es und die Vöglein sammeln Moos und dürre Zweiglein für ihre Nester. Auch das Entenpärchen am Bach läuft jetzt unruhig schnatternd umher und des Nachts macht sich manche Kröte auf den beschwerlichen Weg zur nächstgelegenen Wasserstelle, um dort zu laichen. Das ist in jedem Jahr die Zeit, in der den Hasen eine besondere Aufgabe zufällt. Erstens, weil sie sehr flink unterwegs sind, zweitens, weil sie ein kontaktfreudiges Wesen besitzen, und drittens, weil sie seit jeher diese Tätigkeit ausgeübt haben. Von Generation zu Generation wurde den Hasenkindern das Wissen um das Einsammeln, Färben und Verteilen der Ostereier weitergegeben. Dieser Brauch war allen Tieren vertraut und selbst bei den Menschen war er bekannt. Auch sie erwarteten die alljährlich gelieferten bunten Eier als langersehntes Zeichen, dass die Frühlingsnatur bald erwachen würde. Es war wie ein Zauber: brachten die Hasen die bunten Eier, so kam fast zeitgleich auch der Frühling daher. Das war noch jedes Jahr so gewesen, so dass diese beiden Dinge unbedingt zusammengehörten. Nicht auszudenken, dass der Osterhase es einmal versäumen sollte, seine Eier auszuliefern. Womöglich bliebe es dann Winter. Dann würden Dunkelheit, Hoffnungslosigkeit und Hunger herrschen: eine für alle böse und tödliche Zukunft.

Nach diesem langen und entbehrungsreichen Winter schien es allerdings, als ob dieser Fall nun eintreten sollte. Meister Hase hatte nämlich nicht nur vielen seiner Nachbarn und Freunden mit Vorräten ausgeholfen, er war auch zu manch einem von ihnen hinausgehoppelt, um eigens das Nötigste vorbeizubringen. Dem einen hatte das dicke Eis die Höhlendecke eingedrückt, was wenigstens notdürftig repariert werden musste. Eine besonders aufwendige Aktion war es gewesen, Melinda Eichhorn aus einem dornigen Schlehengewächs zu befreien, in das sie sich auf der verzweifelten Suche nach verdorrten Beeren verheddert hatte. Auch die Wullschafe, durch die der Wullenberg zu seinem Namen gekommen war, hatten in diesem Jahr sehr früh ihren Nachwuchs bekommen. In einem Fall waren es gleich zwei Lämmchen, von denen eines ein verkürztes Beinchen hatte und nur schwerlich stehen und gehen konnte. Darum fiel diesem Lämmchen das Milchtrinken schwerer als seinem Geschwisterchen und es wurde von Tag zu Tag schwächer. Bantu der Igel, der ganz in der Nähe wohnte und alles genau beobachtet hatte, meinte besorgt, dass man da doch etwas tun müsse. Bestimmt habe Meister Hase eine Idee, wie hier zu helfen sei. Der dachte lange nach, bis ihm Sigurd Specht einfiel. Der stolze Vogel hatte den ganzen Winter lang noch keinen Laut von sich hören lassen: kein Klopfen, Hämmern oder Schlagen. Sigurd Specht lebte im Mulkenfeld, das zwei Tagesreisen weit entfernt lag. Auf dem Weg dorthin hatte Meister Hase auch weite Strecken über offenes, vom

Wind umtostes Feld zurückzulegen. Dabei war er in einen solch heftigen Schneesturm geraten, dass selbst sein Hasenauge keine Pfote mehr vor den Augen erkennen konnte. Da war ihm nichts anderes übrig geblieben, als sich hinter einem großen Stein notdürftig auf seinen Rucksack zu kauern, das Regencape über den Rücken zu werfen und still auszuharren, bis der Sturm vorüber war. Das dauerte die ganze Nacht und als Meister Hase endlich weiterhoppeln konnte, war er trotz seines warmen Pelzes völlig klamm gefroren. Wahrscheinlich war das der Grund, weshalb er einige Tage später einen starken Schnupfen bekam. Während das geschwächte Lämmchen sich jetzt auf das von Gevatter Specht sauber zurechtgeschnäbelte Ästchen als Krücke stützen konnte, war es um unseren Meister Hase gar nicht gut bestellt. Er schniefte, schnupfte und schnaufte und wurde so fiebrig, dass Frau Hase es mit der Angst bekam. Zwar war ein Großteil der diesjährigen Ostereier schon bemalt, aber wie sollten sie nun verteilt werden? Wer außer ihrem Mann wusste, was und wieviel wohin zu bringen war? Und wer sollte die Verteilung übernehmen? Bantu der Igel riet dazu, eine Ratsversammlung aller Tiere des Wullenberges einzuberufen, schließlich gingen diese Fragen alle etwas an. Jeder von ihnen war darauf angewiesen, dass es endlich Frühling wurde. Sie konnten kein Risiko eingehen, dass durch das Nichtverteilen der Ostereier der Frühling in diesem Jahr womöglich ausbliebe.

*

Die Versammlung der Tiere fand kurzfristig einberufen bereits am nächsten Tag in Meister Hases guter Stube statt. Nur sie war groß genug, einer Auswahl aller Tiere Platz zu bieten. Die bange Frage war, was jetzt zu tun sei. Während Bantu der Igel den Vorsitz übernahm, war Ella Eule für das Protokoll zuständig. Alle, die im, am und um den Wullenberg wohnten, waren vertreten, auch die ganz kleinen und unscheinbaren Tiere. Eine der ältesten Teilnehmerinnen war Wilma Weinschneck. Sie war von jeher und aufgrund ihres Alters sehr bedächtig. In der Stille der nachdenklichen Versammlung hörte man ihre schleimig-schleppende Stimme:

„Nää-nää-nää! Immer nur Schnää-schnää-schnää...“

Karla Mistkäfer unterbrach sie barsch: „Ach Wilma, altes Haus, das wissen wir doch alles. Aber wer von uns kann so viele Eier in so kurzer Zeit verteilen? Einige der kleineren könnten wir Mistkäfer vielleicht fortrollen, aber leider sind wir ziemlich langsam.“ Sie schaute zu Elmar Wiesel hinüber, der ihrer Meinung nach für diese Aufgabe viel eher in Frage kam. Dieser hatte sich offenbar auch schon seine Gedanken gemacht und brummte:

„Naja, ein bisschen flotter sind wir Wiesel ja schon unterwegs. Aber wir müssten dann auch zu den Menschen gehen. Und die sind leider sehr schlecht auf uns zu sprechen, weil einige von uns immer mal wieder in ihre Hühnerställe einfallen. Die Menschen haben sich so schreckliche Fallen für uns Wiesel ausgedacht, dass wir uns nur im äußersten Notfall dorthin wagen würden.“

Das war ein Argument, das alle Tiere nachvollziehen konnten. Auch sie hatten ihre Erfahrungen mit den Menschen gemacht. Ella Eule kratzte gewissenhaft auf ihr Protokollpapier: „nur im äußersten Notfall“ und sagte laut: „aber wir haben doch zur Zeit auch einen Notfall, oder nicht?“ Wieder herrschte betretenes Schweigen in der Versammlung. Da meldete sich Ans der Weberknecht. Er war ziemlich hochbeinig, ansonsten aber eher unscheinbar, beinahe durchscheinend, so dass man ihn meistens gar nicht bemerkte. Seine Stimme klang zittrig und unsicher, als er sagte:

“Ähem, ich... also... ich wüsste da vielleicht etwas.“

Alle schauten ihn an.

Riggo Regenwurm meinte: „Wie denn, DU willst einen Vorschlag machen, wo du doch nie aus deinen verstaubten Ecken herauskommst? Da lachen ja die Würmer!“

Manu Maus und Thekla Tausendfuß kicherten, aber Bantu der Igel fuhr entschieden dazwischen: „Schluss mit dem Blödsinn! He Riggo, du Lästermaul, wenn *du* schon keine Idee hast, dann lass den Ans mal was sagen."

Prompt erhoben sich jetzt verschiedene Stimmen, die einen waren für Riggo, die anderen für Bantu und es wäre vielleicht sogar zu einer handfesten Auseinandersetzung gekommen, wenn sich nicht Bella Blindschleiche zu Wort gemeldet hätte: „Ansi soll unzzz mal sagen, wazzz er für einen Vorzzzlag hat", zischelte sie. Da wandten sich alle Augen Ans dem Weberknecht zu, so dass der dürre Kerl noch mehr schlotterte. Er schluckte und räusperte sich, schaute unsicher in die Runde und dann zu Bantu hin. Der nickte ihm aufmunternd zu, so dass der Ans Mut fasste und begann:

„Nun, ich bin ganz bestimmt keiner, dem man es zutrauen könnte, Ostereier zu verteilen. Ich kann das natürlich nicht..."

„Da seht ihr's. Hab ich doch gleich gesagt", warf Riggo Regenwurm ein. „Der wollte sich bloß wichtigmachen."

„Ach Riggo, halt einfach mal den Rand!", pfiff Bardo Spatz jetzt durch die Stube. „Wir wollen hören, was der Ans zu sagen hat." Der blickte dankbar zu Bardo, stellte sich aufrecht hin und fuhr fort:

"Wie ihr vielleicht wisst, bin ich ein Nach-Nach-Nachfahre vom alten Ansum dem Gar. Naja, wir sahen nicht immer so schäbig und unscheinbar aus wie heute. Die alten Gare waren viel größer und stattlicher gebaut. Das lag an der besonderen Ernährung, die sie im Alten Wald fanden..."

„Also Leute, echt jetzt, ich bin nicht hierhergekommen, um mir alte Märchen anzuhören", meldete sich Karla Mistkäfer wieder zu Wort und Heiner Heupferd nickte zustimmend. Aber sonst sagte keiner etwas, so dass der Ans einfach weitersprach.

„Na gut, ich mache es kurz. Die alten Gare sind ausgestorben, aber vielleicht lebt Monka die Hexe noch im Alten Wald. Sie besitzt

Zauberkräuter, die besondere Kräfte verleihen. Wenn wir die gute Hexe Monka finden, könnte *s i e* uns ja vielleicht helfen."

Nun erhob sich ein Stimmengewirr unter den Anwesenden, aus dem man nur Sprechfetzen wie „du spinnst ja wohl" oder „von dir lass ich mir noch lange nichts sagen" heraushören konnte. Wilma Weinschneck, ohnehin etwas empfindlich, hatte sich so schnell es ging schützend in ihr Schneckenhaus zurückgezogen, als endlich Bantu der Igel entschieden dazwischenrief:

"Ruhe jetzt! So kommen wir doch nicht weiter. R U H E! Seid endlich ruhig!"

Bantu und auch sonst keiner der Anwesenden kannte den Alten Wald oder hatte je von ihm gehört. Aber vielleicht wusste Meister Hase ja etwas darüber. Und da niemand sonst eine Idee hatte, wie die Ostereier in diesem Jahr verteilt werden könnten, beschloss die Versammlung, den einzigen eingegangenen Vorschlag von Ans dem Weberknecht dem ehrenwerten Meister Hase vorzulegen. Am folgenden Tage wollte man dann wieder zusammenkommen, um eine Entscheidung zu treffen.

Nachdem sich die letzten Teilnehmer der Versammlung endlich getrollt hatten, blieben nur Bantu der Igel und Ans der Weberknecht zurück. Frau Hase erlaubte beiden, den unter einer hohen Bettdecke liegenden Kranken an seinem Bett zu besuchen. Meister Hases Nase war so gerötet und seine Stimme so mitgenommen, dass er auf den von Bantu vorgetragenen Vorschlag außer einem heiseren Gekrächze und wiederholtem „Ttttttschiiii!!" nichts weiter erwidern konnte.

„Sagt uns, Meister Hase", gab Bantu nicht auf, „habt Ihr je etwas vom Alten Wald gehört? Oder von der Hexe Monka?"

Eine der Ohrenspitzen des Gefragten schien sich leicht zu bewegen, doch Meister Hase schüttelte nur immer wieder den Kopf. Es war hoffnungslos! Auch Meister Hase wusste keinen Rat. Alle im Zimmer schwiegen. Selbst Bantu der Igel ließ jetzt den Kopf hängen, als Ans der Weberknecht leise vor sich hinzusummen begann. Es war wie ein

Zwang, eine Melodie aus der Vergangenheit, die in seiner Erinnerung erwachte und in diesem Moment aus ihm hervorbrach. Und immer wieder hörte man ihn dabei die Worte *„Moho-ka honka, ba walonka"* vor sich hin murmeln. Bantu sah geistesabwesend vor sich hin, während Meister Hase plötzlich in ein unbändiges Husten und Prusten verfiel, das die Besucher befürchten ließ, er bekomme keine Luft mehr. Da erschien auch schon Frau Hase in der Tür und sah die beiden mit strengem Blick an. Was hatten sie nur mit ihrem Mann angestellt? Besorgt wollte sie ihm das Kissen zurechtrücken, doch Meister Hase wehrte ab. Stattdessen gab er ihr ein Zeichen, das sie erstaunt aufblicken ließ. Sie drehte sich wie beleidigt um und verließ die Stube. Bantu schaute fragend von einem zum anderen. Was war denn jetzt los? Da ging die Türe wieder auf und Frau Hase erschien. Sie reichte ihrem Gatten eine Feder und ein Stück Papier und stellte sich mit verschränkten Pfoten neben das Bett, als ob sie sagen wollte: so, da hast du was du wolltest. Und jetzt? Meister Hase setzte sich ein wenig aufrechter und zog seine Hinterläufe in Richtung Bauch, um mit ihnen eine brauchbare Schreibunterlage zu bilden. Dann kritzelte er mühsam und nicht ohne wiederholt zu schniefen einige Worte auf das Papier, ließ sich erschöpft von der Anstrengung wieder zurück auf das Kissen fallen und streckte das Papier zu Bantu hin. Der nahm es und kniff die Augen zusammen, um das Geschriebene zu entziffern. Dann warf er einen unsicheren Blick zu Meister Hase und las vor:

"Was ist das für ein Lied?"

Ans der Weberknecht schaute auf.

„Wie?", fragte er.

„Na, das Lied", sagte Bantu, „was du da für ein Lied singst, will Meister Hase wissen."

„Ach das", erwiderte der Ans. „Ist nur ein altes Kinderlied, das uns die Alt-Mütter immer vorgesungen haben, wenn wir krank waren. Wir sind dabei immer ganz ruhig eingeschlafen und bald darauf waren wir wieder gesund."

„Aha", erwiderte Bantu, ohne zu wissen, was er genau damit meinte. „Und du glaubst, dass du Meister Hase mit diesem Lied gesundsingen kannst?"

„Wenn es nur so einfach wäre, lieber Bantu", antwortete der Ans leise. „Aber es ist ja nicht nur das Lied, was uns gesund machte. Wir bekamen dazu auch immer eine besondere Medizin verabreicht, die bei uns „*Walonka*" heißt. Nur wenn beides zusammenkommt, wird man wieder gesund."

„Auch gut", brummte Bantu vor sich hin. „Dann brauchen wir also nur noch diese Medizin. Dann wird Meister Hase ganz schnell gesund und unser Problem ist gelöst. Wunderbar!"

„Typisch Mann", warf Frau Hase jetzt ein. „Als ob das so einfach wäre: ein Liedchen trällern und ein bisschen Medizin und - WUSCH - weg ist die Erkältung. Ihr habt ja keiiiine Ahnung…!"

„A… aber genauso war es…", fing Ans der Weberknecht wieder zu stottern an. „I… immer ü… über Nacht..."

„Pffft!", schnaubte Frau Hase, drehte sich zur Tür und verschwand.

Wieder schwiegen sie, als Meister Hase mit seinen Vorderpfoten auf die Decke klopfend erneut auf sich aufmerksam machte. Bantu schaute sorgenvoll zu ihm hin, doch der deutete nur auf das Stück Papier, das er ihm zuvor gegeben hatte. Bantu erinnerte sich und las erneut laut vor:

„Was ist das für ein Lied?"

„Es ist ein Zauberlied", antwortete der Weberknecht. „Die alten Gare wussten viele solcher Lieder zu singen, denn sie waren eine sehr hochentwickelte Spezies. Sie waren Meister im Städtebau, sprachen viele Sprachen und kannten Kunst und Medizin."

„Wir brauchen also eine unbekannte Medizin deiner Vorfahren, ja?", fasste Bantu zusammen.

„Ja und nein", gab der Ans zurück.

„Was denn nun?", fragte Bantu ungeduldig.

„Diese Medizin haben meine Vorfahren hergestellt, das ja. Aber der heutige *Walonka* ist nur noch eine improvisierte Erinnerung an den besonderen Saft der alten Gare. Der war viel stärker und wirksamer, denn die Pflanzen und anderen Zutaten bekamen sie von Monka der Waldhexe. Nur sie kannte die Zusammensetzung und wusste, wo die Zutaten im Alten Wald zu finden waren. Daraus konnten die alten Gare ein Elixier herstellen, das ihnen nicht nur besondere Kräfte verlieh, sondern sie auch schnell und wie durch Zauberhand heilte. Aber..."

„Was aber? Nun sag schon, was du weißt", forderte ihn Bantu auf.

„Naja, es ist nicht gerade ein Ruhmesblatt der Gare. Irgendwann in der Vergangenheit muss etwas passiert sein. Danach jedenfalls war Monka uns nicht mehr wohlgesonnen. Wir konnten das besondere Elixier nicht mehr herstellen und mussten den Alten Wald verlassen. Seitdem ging es mit den Garen bergab. Wir wurden immer weniger, immer schwächer und unbedeutender", sagte der Ans traurig. Und nach einem kurzen Schnaufen fügte er leise hinzu: „So wie wir das auch heute noch sind."

„Ach was", wischte Bantu diese Bemerkung fort, „jetzt hör schon auf damit. Ihr Weberknechte seid nicht mehr und nicht weniger als die anderen Tiere. Auch wenn einige von ihnen ein bisschen vorlaut oder von sich selbst eingenommen sind." Und seufzend fügte er hinzu: „Solche Typen wird es wohl immer geben."

Vom Bett her erhob sich ein leises Schnarchen. Bantu der Igel grinste breit und bedeutete Ans dem Weberknecht, dass es nun Zeit sei zu gehen und Meister Hase schlafen zu lassen.

Am frühen Morgen des darauffolgenden Tages traf sich die Versammlung der Tiere erneut. Es waren nicht mehr so viele erschienen wie am Vortage, dennoch konnte Ella Eule feststellen, dass die Anzahl genügte, um einen für alle gültigen Beschluss zu fassen. Nur wenig Streitlust und Unzufriedenheit war zu spüren und diejenigen, die noch gestern dem Vorschlag von Ans dem Weberknecht mit Spott begegnet waren, hielten sich heute auffallend zurück. Offenbar war ihnen über Nacht klargeworden, wie ernst ihre Lage war und dass es keinen anderen Lösungsvorschlag gab. Schließlich ergriff Bantu der Igel das Wort und erklärte, was er und der Ans mit Meister Hase besprochen hatten. Da wurde es ganz still in der Stube.

„Wir müssen also eine Abordnung von uns zum Alten Wald schicken und die gute Hexe Monka bitten, uns ein Bündel dieser Zaubermedizin zu schenken." Alle schwiegen, darum fügte Bantu hinzu: „Dazu brauchen wir Freiwillige, die schnell und winterfest genug sind, den Weg dorthin auf sich zu nehmen. Also: wer kommt mit?", fragte er in die Runde.

„Naja, ich könnte schon mitkommen", meldete sich Ella Eule. „Ich kann fliegen und selbst vereiste Flüsse und meterdicken Schnee überwinden. Und der Ans könnte als Passagier in meinem Gefieder mitreisen."

„Wunderbar!", rief Bantu begeistert. „Das ist ein sehr guter Vorschlag. Aber wir müssen auch an den Fall denken, dass ihr in einen Schneesturm geratet oder verletzt werdet und nicht weiterkommt. Wir brauchen deshalb noch jemanden, der auf vier Pfoten schnell und sicher durch den Schnee laufen kann und der, falls Ella nicht weiter kann, den Ans zum Alten Wald bringt. Also: wer möchte diese Aufgabe übernehmen?"

„Na wie wär's denn mit dem Wiesel?", warf Karla Mistkäfer ein. „He Elmar, da geht es nicht zu Menschen und du kannst dich nicht mehr rausreden."

Elmar Wiesel sah auf und blickte in viele fragende Augen. Er hatte sich auch schon überlegt, ob er für diese Aufgabe nicht geeignet sei, aber er gehörte nicht zu denen, die sich gerne vordrängen. Geeignet wäre er auf jeden Fall, das war klar. Und wichtig war es auch. Außerdem hatte ihn Karla mit ihrem Vorschlag so sehr in Zugzwang gebracht, dass er nicht mehr nein sagen konnte.

„Von mir aus", gab er leicht unwillig zurück. „Ich kann's ja versuchen."

„In Ordnung, dann bin ich auch dabei", meldete sich jetzt Bruno der Fuchs zu Wort. „Wenn das Wiesel sich diese Reise zutraut, dann kann ich nicht zurückstehen."

„Na, das kann ja heiter werden", frotzelte Karla Mistkäfer, „ein Fuchs, ein Wiesel, eine Eule und ein Weberknecht auf gemeinsamer Expedition."

„Stimmt auffallend", pflichtete ihr unerwartet Bantu der Igel bei. „Deshalb schlage ich der Versammlung vor, dass zur Bereicherung der Expedition auch Karla Mistkäfer mitkommt. Sie kann ja dann die nötige Intelligenz einbringen." Einige lachten. Auch sie hatten sich in den letzten Tagen über Karla Mistkäfer und ihr dauerndes Genörgel geärgert. Das geschah ihr nur recht.

„Alzzo izz bin dafür", zischelte Bella Blindschleiche.

„Ich ebenfalls", meldete sich Bardo Spatz zu Wort. „Dann redet sie auch vielleicht nicht mehr so viel Mist."

Erneut lachten einige der Tiere und Karla Mistkäfer lief leicht rot an. So eine Frechheit, dachte sie. Aber einen Rückzieher konnte sie nicht machen und so nickte sie nur, um ihre Zustimmung zu signalisieren. Um die Situation zu retten, ergriff nun Bruno der Fuchs das Wort und sagte: „Na prima, Karla! Dann kannst du es dir in meinem dichten Schwanz bequem machen. Darin wirst du bestimmt nicht frieren."

*

So machten sich die fünf Freiwilligen noch am Mittag des gleichen Tages auf den Weg zum Alten Wald. Ans der Weberknecht hatte als grobe Ortsangabe von den Ältesten seiner Sippe erfahren, dass sie sich immer in Richtung Westen halten müssten. Nach etwa einer Tagesreise würden sie den *Tiwaha*, einen breiten Fluss, überqueren und danach das *Himmelsgebirge* erklettern, ein zerklüftetes Gebirge, dessen höchster Gipfel die Form eines Zuckerhutes hatte. Schließlich würden sie eine ausgedörrte Ebene erreichen und binnen weiterer ein bis zwei Tage könnten sie mit etwas Glück den Alten Wald vor sich sehen. Auf jeden Fall lagen mehrere Tagesreisen vor ihnen und sie mussten ausreichend Proviant mitnehmen, da in dem überall noch verschneiten Land sicherlich nichts Fressbares zu finden sein würde.

Nicht ohne Bangen und mit viel Wehmut nahmen die Reisenden von ihren Freunden und Familien Abschied. Bruno der Fuchs umarmte Frau Fuchs und gab ihr einen dicken Abschiedskuss. Ella Eules Kinder winkten ihr aufgeregt mit kleinen weißen Tüchern zu und Karla Mistkäfer versprach jedem ihrer Angehörigen, auch ganz bestimmt ein Autogramm von Monka mitzubringen. Nur Elmar Wiesel und Ans der Weberknecht waren alleine gekommen. Sie hatten sich schon daheim von ihren Familien verabschiedet.

„Hier Ansi, das ist für dich", wandte sich Bantu der Igel an Ans den Weberknecht und zog ihm eine dicke Strickmütze über den dünnen Kopf. „Damit du nicht frierst, wenn du mal den Kopf aus Ellas Gefieder rausstreckst." Und an alle Reisenden gewandt sprach er: „Vergesst nicht: ihr seid unsere letzte Hoffnung! Nur wenn Meister Hase bald gesund wird und alle Ostereier verteilen kann, wird der Winter ein Ende haben. Also sputet euch, damit ihr bald wieder zurück seid! Und nun: euch allen eine gute Reise!"

Von vielen guten Worten und Wünschen begleitet setzten sich die fünf in Bewegung. Bruno und Elmar liefen etwa gleichauf, Ella flog meist ein Stückchen voraus über ihren Köpfen. Als die Dunkelheit kam, suchten sie sich einen windgeschützten Platz nahe einem Steinhang. Das Laufen durch den hohen Schnee war ungewohnt anstrengend gewesen. Der Schnee hatte jedoch den Vorteil, dass sein Weiß die Landschaft auch nachts nicht in völliges Dunkel hüllte. Und da sie erst am Mittag losgegangen waren, beschlossen sie, ihre Reise auch während der Dunkelheit fortzusetzen. Dabei fiel Ella der Eule, die ja bekanntlich zu nächtlicher Stunde besonders gut sehen, die

Aufgabe zu, den anderen die Richtung zu weisen. Auch Ans der Weberknecht bemühte sich nach Kräften, den Weg im Auge zu behalten. Da er aber lediglich als Passagier in Ellas Gefieder saß und nichts weiter tun konnte, als in die Dunkelheit zu blicken, wurde er immer schläfriger, bis er irgendwann einschlief. Als er erwachte, war es bereits Mittag und alle ruhten unter einem Bündel dichter, trockener Tannenzweige.

„Leute, wir müssen weiter. Wacht auf! Esst etwas und dann müssen wir zusehen, dass wir über den Fluss kommen", forderte Ella Eule die anderen auf. Und tatsächlich: im weiten Weiß vor ihnen zeichnete sich eine Fläche wie Glas ab. Das musste der *Tiwaha* sein, der Eisfluss. Als sie endlich an seinem Ufer standen, klagte Elmar Wiesel:

„Wie sollen wir denn da rüberkommen?"

„Na wie wohl: laufen. Was sonst?", antwortete Bruno der Fuchs.

„Elmar hat schon Recht", pflichtete Ella Eule ihm bei. „Es ist nicht ungefährlich, zu dieser Jahreszeit über's Eis zu gehen. Vielleicht fliege ich erst einmal hinaus und suche nach einer geeigneten Stelle, die noch fest zugefroren ist. Ihr anderen wartet hier, bis ich wieder zurück bin."

Ella flog davon und besah sich die Eisfläche. Sie schien ihr recht stabil zu sein. An einer Stelle machte der Fluss eine Biegung um einen größeren Felsen. Hier war sein Bett sehr schmal und der gefährliche Weg über das Eis am kürzesten. Genau diesen Weg nahmen sie schließlich und alle gelangten sicher auf die andere Seite. Nur Bruno hatte sich beim Sprung vom rutschigen Eis ans Ufer den Vorderlauf verstaucht.

„So ein Mist aber auch!", rief er ungehalten.

„Sag nix Schlechtes über Mist, das verbitte ich mir", bekam er prompt von Karla Mistkäfer zur Antwort. Da musste Ans der Weberknecht so laut lachen, dass alle anderen miteinstimmten und sich ebenfalls die Anstrengung des Weges von der Seele lachten. Dabei bestand überhaupt kein Grund zum Lachen: würde Bruno denn weitergehen können? Sie schauten einander an und fragende Blicke richteten sich auf den Verletzten.

„Vielleicht bereiten wir schon mal unser Nachtlager vor. Es wird ohnehin bald dunkel werden", riet Ella Eule schließlich. Und tatsächlich: im Westen zeigten sich bereits leuchtend orangerote Linien am Winterhimmel. Zudem waren alle unglaublich müde. Da war es sicher eine gute Idee, erst einmal tüchtig auszuruhen und insbesondere Brunos verstauchter Pfote eine Auszeit zu gönnen. Doch sie schliefen unruhig, denn in der Ferne hörten sie Wolfsgeheul. Oder war es nur der Wind, der schaurig um die Felsen strich?

*

Am nächsten Morgen fehlte Ans der Weberknecht. Sie bemerkten es nicht gleich, da er ja immer so unscheinbar war. Ella dachte, er liege noch schlafend in ihren Federn und wollte ihn nicht eher wecken als nötig. Als er endlich erschien, blaffte ihn Karla Mistkäfer an:

„Typisch! Wir machen uns Sorgen und der Herr latscht hier durch den Schnee, ohne uns Bescheid zu sagen."

„Mensch Ansi, wo warst du bloß?", fragte Ella Eule vorwurfsvoll. „Wir haben uns schon Sorgen gemacht."

„Tut mir leid, aber ich musste etwas für Bruno besorgen. Damit er mit seiner Pfote weiterkommt. Und er hielt einen aus alter Rinde und undefinierbarem Grünzeugs gefertigten Gegenstand in die Höhe.

„Was ist denn das?", fragte Elmar Wiesel erstaunt.

„Das, mein lieber Elmar, ist ein improvisierter Schneeschuh für Brunos Pfote. Damit er über das vor uns liegende Himmelsgebirge klettern kann. Ich habe die ganze Nacht gebraucht, um das nötige Material aufzutreiben. Aber an einem Flussufer und den umliegenden Felsen findet sich immer irgendetwas Brauchbares. Daraus habe ich dann nach Art der Weberknechte einen Schuh gewoben. Ich hoffe nur, dass er passt." Bruno der Fuchs machte große Augen. Seine Pfote schmerzte tatsächlich noch und es war ihm ordentlich mulmig vor dem nun anstehenden Weg über das Gebirge. Ein Glück, dass der Schuh seiner verletzten Pfote Halt gab und er die Reise fortsetzen konnte.

Bald erreichten sie den Fuß des Himmelsgebirges und der Aufstieg begann. Es war mühsam, besonders für Bruno. Um die Mittagszeit musste er verschnaufen und wurde immer langsamer. Sie hatten noch immer nicht den Gipfel erreicht und bald würde es dunkel werden. Bruno fühlte sich schlecht und bat die anderen, ihn hier zurückzulassen. Sie könnten ihn ja auf ihrem Rückweg wieder abholen. Bis dahin sei seine Pfote sicher wieder heil.

„Kommt gar nicht in Frage", beschied ihm Ella Eule. Wir lassen keinen zurück. Das ist viel zu gefährlich. Und überhaupt: wie sollen wir dich in dieser Schneelandschaft wiederfinden?"

„Wenn ich mich nur ein bisschen ausruhen könnte, dann ginge es ja vielleicht wieder", sagte Bruno der Fuchs leise.

„Also gut", verkündete Ella Eule. „Wir wollen ihm und uns eine Pause gönnen und morgen in der Früh geht es dann weiter."

Wie durch ein Wunder ging es Brunos Pfote am nächsten Morgen tatsächlich besser und mit Hilfe des Schneeschuhs konnte er, wenn auch mühsam, weitergehen. Optimismus machte sich breit und frisch gestärkt stiegen sie weiter bergauf. Auf dem Gipfel angekommen erschienen jedoch wie aus dem Nichts in der Ferne graue Wolken.

„Das sind Schneewolken", stellte Elmar Wiesel fest. „Bald wird es anfangen zu schneien."

„Wie kommen wir denn jetzt bloß von dem Berg wieder runter?", fragte Bruno.

„Nichts leichter als das", meine Elmar, „wir rutschen hinunter. Das ist ein wunderbarer Winterspaß und bei uns Wieseln sehr beliebt. Ella kann ja fliegen und du, Bruno, musst es mir nur nachmachen. Also:

setz dich auf dein Hinterteil in den Schnee und lass dich einfach hinabgleiten. Mit dem Oberkörper kannst du lenken und wenn du bremsen willst, lässt du dich einfach zur Seite fallen. Alles klar?"

„Ja ja, alles klar", gab Bruno unsicher zurück. „Hauptsache ich kann meine angeknackste Vorderpfote da raushalten."

So rutschten sie in kleinen Etappen den Berg hinunter: das Wiesel voran, Bruno der Fuchs samt Karla Mistkäfer hinterdrein und Ella Eule und Ans der Weberknecht beobachteten das Schauspiel amüsiert von oben.

Sie waren noch nicht ganz unten angekommen, als erste dicke Schneeflocken zu fallen begannen. Der Vorhang wurde immer dichter, so dass sie das Weiterrutschen einstellen und Schutz suchen mussten. Flocke auf Flocke fiel leise und die Schneedecke häufte sich vor ihren Augen. Was sie in ihren Höhlen und Bauten zu Hause reichlich unberührt gelassen hätte, bereitete ihnen nun zunehmend Sorge. Es sah tatsächlich so aus, als ob das Schneetreiben nicht mehr aufhören wollte. Sie ruhten unter einer kleinen Felsformation aus, aßen schweigend von ihren Vorräten und hofften, dass es am nächsten Tag wieder besser aussehen würde.

Als es langsam hell wurde, schüttelte Elmar Wiesel den Schnee aus seinem Fell und kletterte auf einen der Felsen über ihnen. Ihm war, als ob er etwas gehört hätte, aber das war wohl Einbildung gewesen. Er spähte in die Ferne, aber er konnte in der unendlichen Weite nichts entdecken außer Schnee, schneebedeckten Wäldern und ab und an einen Flecken graues Felsgestein. Als er sich wieder zu den anderen gesellt hatte, glaubte er, das Geräusch erneut gehört zu haben.

„Hört ihr nichts?", fragte er.

„Nee. Was denn?" Der Ans schaute ihn überrascht an. Außer den Geräuschen, die von Ellas Gefiederputz herrührten, hatte er nichts bemerkt.

„Ach nichts. Wahrscheinlich hab ich schon einen Schneekoller", gab Elmar Wiesel zurück.

Sie brachen wieder auf und hatten große Mühe, auf dem von viel Neuschnee bedeckten Boden voranzukommen. Dann hatten sie endlich den Fuß des Gebirges erreicht.

„Und jetzt?", fragte Karla Mistkäfer an Ella Eule gewandt.

„Hmmm", brummte die nachdenklich. „Nach Plan müsste jetzt eine ausgedehnte Ebene kommen... Und da wir immer nach Westen gehen sollen, müssten wir... hmmm... wohl *d a* lang." Sie deutete in Richtung des fernen Horizontes, wo nichts als eine nackte weiße Fläche zu sehen war: kein Baum und kein Strauch, kein Fels und kein Nichts. Keinerlei Schutz vor Wind und Kälte. Das war beinahe noch schlimmer als Flüsse zu überqueren und Berge zu übersteigen.

„Bist du dir sicher, Ella?", meinte Bruno der Fuchs sorgenvoll.

„Ich wünschte auch, dass es anders wäre. Aber das ist unser Weg. Den müssen wir gehen, um an unser Ziel zu kommen, auch wenn ich viel lieber einen anderen nehmen würde."

„Wenn's denn sein muss... Also dann, lasst uns weitergehen, bevor es wieder anfängt zu schneien", sagte Elmar Wiesel und mit müden Flügeln und schweren Pfoten machten sie sich auf. Dem tiefen Schnee trotzend hatte es das Wiesel auf sich genommen voranzugehen. Dabei hinterließ es zwar nur eine kleine Spur im hohen Schnee, aber das genügte, um Bruno das Laufen leichter zu machen. So schleppten sie sich voran, bis es immer dunkler wurde.

„Wie denn?", meldete sich Karla Mistkäfer, „ist es schon Abend?"

„Glaub ich nicht. So lange sind wir bestimmt noch nicht unterwegs", antwortete Bruno der Fuchs.

„Es ist höchstens früher Nachmittag, würde ich sagen", stellte Ella Eule fest. Was hat das nur zu bedeuten?"

„Ich fürchte nichts Gutes", gab Elmar Wiesel zu bedenken. Das sind die typischen Anzeichen eines Schneesturms."

„Na, das kann ja heiter werden", meinte Bruno der Fuchs leichthin.

„Mach jetzt bloß keine Witze Bruno", bibberte Karla Mistkäfer. Wie sollen wir uns auf dieser offenen Ebene vor dem Sturm schützen? Ich sag euch: das geht nicht gut aus…", jammerte sie. Sie standen mitten im Nichts und Karlas Weltuntergangsstimmung übertrug sich bereits auf Bruno, während Elmar Wiesel unentwegt in die Ferne äugte, um zu sehen, ob sich seine Theorie bestätigen würde. Ella Eule zupfte sich nachdenklich die Flügelfedern. Was konnten sie tun? Sie hatte einfach keine Idee.

„Wir müssen zurück zum Gebirge und uns dort in den Felsen verstecken", riet Bruno der Fuchs.

„Das ist viel zu weit", verwarf Ella Eule seinen Vorschlag. „Dann müssten wir die ganze Strecke von heute wieder zurückgehen. Das sind mehrere Stunden. Wenn da tatsächlich ein Schneesturm auf uns zukommt, dann haben wir so viel Zeit nicht."

„Dann eben weiter vorwärts. Vielleicht findet sich da ein Versteck", drängte Elmar Wiesel. „Der Sturm wird nicht mehr lange auf sich warten lassen."

Ella überlegte. Sie war zum ersten Mal ratlos. Da meldete sich Ans der Weberknecht: „Wir bleiben ganz einfach hier, wo wir gerade sind."

„Na super! Wir bleiben hier und lassen uns von dem Schneesturm lebendig begraben. Toller Vorschlag", antwortete Karla Mistkäfer bissig.

„Wir bleiben hier und bauen uns selbst einen Schutz", fuhr der Ans seelenruhig fort. „Wir graben uns eine Kuhle in den Schnee und setzen uns hinein. So sind wir vor dem Sturm geschützt. Und wenn wir einschneien, müssen wir uns eben wieder freigraben."

„Der Ans hat Recht", pflichtete ihm Ella Eule bei. „Das ist unsere einzige Chance. Elmar und Bruno, ihr müsst das Buddeln übernehmen… Beeilt euch, viel Zeit haben wir wohl nicht mehr!"

Der Sturm kam schnell und heftig. Er zerrte an ihren Federn und Haaren und hätte sie mitten auf der offenen Ebene sicherlich nicht nur zerzaust und davongetrieben, sondern in der von ihm mitgeführten Eiseskälte sehr schnell erfrieren lassen. Zum Glück hatten sie sich in ihrer kleinen Kuhle in Sicherheit gebracht. Dort saßen sie nun eng zusammengekauert und konnten nichts weiter tun als zu warten, dass der Sturm enden würde. Sie saßen fest und wurden von immer mehr Schnee bedeckt. Doch dieser Schnee hatte auch sein Gutes: er schützte ihre Zufluchtsstätte und schirmte sie vor der tödlichen Kälte draußen ab. Elmar Wiesel hatte die Aufgabe übernommen, immer wieder einmal Luftlöcher nach draußen zu graben und bei der Gelegenheit nachzuschauen, wie denn die Lage sei. War es noch Tag oder schon Nacht? Keiner wusste, wieviel Zeit verstrichen war, so wild und grimmig heulte es draußen und unablässig fielen Schneeflocken. Irgendwann waren sie alle völlig erschöpft eingeschlafen.

*

Durch ein Luftloch in der Schneedecke über ihnen leuchtete ein heller Wintersonnenstrahl. Er fiel direkt auf Brunos Nase und kitzelte sie so lange, bis er ein lautes „Haaatschi!" nicht mehr unterdrücken konnte. Mit einem Mal waren alle wach und rührten sich.

„Oh, die Sonne scheint wieder!", rief Elmar Wiesel aus. „Ich geh rauf und schau nach." Schon bald kehrte er zurück und rief: „Entwarnung! Ihr könnt alle raufkommen."

„Eeeelmar! Du musst zuerst das Loch vergrößern, sonst passen wir nicht durch", erinnerte ihn Ella Eule. Als endlich alle wieder an der Oberfläche waren, entdeckte Elmar etwas Ungewöhnliches im Schnee.

„Seht mal, was ist das denn?" Alle schauten, aber keiner konnte sich einen Reim darauf machen.

„Keine Ahnung, noch nie gesehen", beschied ihm Bruno der Fuchs.

„Sieht aus wie ein Haufen Mist, wenn ihr mich fragt", meldete sich Karla Mistkäfer. „Aber wie kommt der hierher?"

„Typisch Karla, du denkst aber auch immer gleich an Mist." Elmar schmunzelte kopfschüttelnd in sich hinein.

„Naja, vielleicht…", setzte Ans der Weberknecht an.

„Vielleicht was?", hakte Ella Eule nach.

„Ach nichts", antwortete er, „das kann gar nicht sein."

„Also gut", sprach Ella Eule jetzt bestimmt, „es bringt ja auch nichts, wenn wir hier herumspekulieren. Wir müssen zusehen, dass wir weiterkommen. Wir haben nur das Problem, dass ich nicht sicher bin, in welche Richtung wir gehen müssen, weil ich nicht weiß, ob es Morgen oder Abend ist."

So beschlossen sie abzuwarten, bis sie sich wieder orientieren konnten. Sie setzten sich um das Schneeloch herum nieder und warteten: Bruno leckte seine verletzte Pfote, Elmar schnüffelte im Schnee umher, Ella schaute unruhig von einem Himmelsende zum anderen, Karla besah sich diese geheimnisvollen schwarzen Kügelchen im Schnee und der Ans summte leise vor sich hin. Man hätte glauben können, sie seien auf einer launigen Winterwanderung und machten nur mal eben eine kurze Rast.

„He, hört ihr das auch?"

„Elmar, jetzt hör schon auf damit! Du nervst", gab Bruno der Fuchs zurück.

„Aber da ist was da draußen. Hört doch nur!"

Der Ans hörte auf zu summen und horchte ebenfalls. War da etwas? Oder sogar wer? Er hörte zwar nichts, aber ihn befiel eine Ahnung.

„Du hast Recht, Elmar", sagte nun Ella Eule, „jetzt höre ich es auch. Was mag das nur sein?"

„Das sind Quesel", gab ihr der Ans zur Antwort.

Das Erste was sie von den näherkommenden Queseln hörten, war ein Säuseln wie ein leichter Luftzug, der den frischen Schnee aufwirbelte. Dann hörten sie ein hohes Summen und sahen mehrere wuselnde Schneewirbel, die sich schließlich als dickfellige, weiße Zotteltiere auf vier Hufen entpuppten. Eine kleine Schar dieser Wesen stand nun vor ihnen.

„*Wa quesi mikane?*", fragte eines von ihnen.

„Ähem…", wollte Ella Eule eben ansetzen, als Ans der Weberknecht ihr ins Wort fiel: „*Nesi ba halonka?*"

„*Wa honka batu*", antwortete der Quesel und verbeugte sich höflich.

„Du sprichst ihre Sprache?", staunte Ella Eule.

„Das ist das Alt-Garisch meiner Vorfahren. Ella, jetzt wird alles gut! Die Quesel gehören zu Monkas Vertrauten und werden uns zu ihr bringen."

„Was iss los?", brummelte Karla Mistkäfer. „Damit das klar ist, ich gehe hier erst weg, wenn ich einen ordentlichen Vorrat von diesem Mist da eingetütet hab."

Alle lachten und sogar die Quesel stimmten wiehernd mit ein.

Es waren also die Hinterlassenschaften der Quesel, die sie zuvor im Schnee entdeckt hatten. Wahrscheinlich war es auch ihr Säuseln und Summen gewesen, das Elmar Wiesel schon vor Tagen in den Lüften wahrgenommen hatte. Jedenfalls mussten die Quesel die im Schneeloch Ausharrenden schon lange vorher entdeckt haben. Überhaupt wirkten diese Wesen sehr unwirklich, am besten könnte man sie vielleicht als Mischung aus Wollschaf und Einhorn beschreiben. Auf jeden Fall waren sie friedlich und vertrauenerweckend. Bei näherem Hinsehen war zu erkennen, dass einige von ihnen kleine, korbähnliche Behältnisse auf dem Rücken trugen. In diese kletterten die Gefährten nun nacheinander hinein und bald rasten sie mit den Queseln durch den endlosen Schnee dahin, dass sie glaubten, sie flögen durch die Landschaft. Und noch ehe der Abend kam, deutete Ella Eule auf etwas Dunkles am Horizont.

„Da! Schaut nur: das muss der Alte Wald sein."

Die Quesel verringerten ihre Geschwindigkeit und fielen in einen leichten Schritt. Bald würden sie am Ziel sein. Am Rande des schwarzblauen Waldes hielten sie schließlich an. Der erste Quesel wandte sich an Ans den Weberknecht und bat die Passagiere in eine unter verschlungenen Baumwurzeln eingegrabene Höhle.

„*Pa gata honki sussil*", bedeutete er.

„*Pese domo gatense*", antwortete ihm der Ans, verneigte sich respektvoll und bedeutete den anderen, es ihm gleichzutun. „Wir sind jetzt Gäste des Alten Waldes und diese Höhle ist uns für die Dauer unseres Aufenthaltes als Quartier zugeteilt", erklärte er. „Hier bleiben wir erst einmal. Die Quesel werden ihrer Herrin Monka von unserer Ankunft berichten und dann sehen wir weiter."

Verdattert folgten ihm die anderen in die behaglich aussehende Wurzelhöhle. An deren Eingang standen etliche mausähnliche Wesen in grünen Schürzen, die sich wortlos vor ihnen verbeugten. Auch sie verbeugten sich, so wie der Ans es ihnen vormachte. In der Höhle fanden sie einen geräumigen runden Innenraum umgeben mit Schlafnischen in verschiedenen Größen. In der Mitte lag ein halber Baumstamm mit der Innenfläche nach oben, darauf standen mehrere Tonkrüge mit frischem Wasser sowie allerlei Früchte, Brot und sogar Kuchen. Ein richtiges Festmahl nach ihrer mageren Rucksackkost der letzten Tage.

„*Pa gata makam se*", sprach eines der Mauswesen.

„*Domo. Gaten kase maka*", gab der Ans zurück.

Wieder verbeugten sie sich höflich voreinander und die Gastgeber zogen sich diskret zurück.

„Was sind das für Wesen? Und was sagen sie?", fragte Bruno der Fuchs neugierig, während Elmar Wiesel sich hungrig das Mäulchen leckte: „Sag nur, das Buffet da ist für uns?"

„Langsam Leute", antwortete der Ans. „Also Bruno: diese Wesen sind Aynuhs und unsere persönlichen Hausdiener. Aber merkt euch: sie dienen uns freiwillig. Sie dürfen niemals herumkommandiert werden. Ihr müsst sie stets mit Respekt behandeln. Und zu dir Elmar: Ja, das Buffet ist für uns. Ihr dürft euch nach Herzenslust bedienen."

Hungrig wie sie alle waren, besahen sie sich die bereitliegenden Köstlichkeiten. Für jeden war etwas dabei, sogar eine Schale mit angerösteten Fliegen an Queselquark für Karla Mistkäfer. Die legte nun ihre Tüten mit dem eingesammelten Mist behutsam beiseite, um sich in den angerichteten Queselquark förmlich hineinzulegen. Dabei schmatzte sie so laut, als seien hier gerade zehn Exemplare ihrer Gattung zugange. Müde und satt zogen sich schließlich alle nach und nach in ihre Schlafnischen zurück und schliefen bald tief und fest.

*

Ella Eule war die erste, die am frühen Morgen aufwachte. Sie lugte mit großen bernsteinfarbenen Augen aus ihrem Federkleid hervor und sah Dutzende von Aynuhs geschäftig in ihrer Höhle am Werk und neue, frische Leckereien auftischen. Sie blieb jedoch bewegungslos in ihrer Nische sitzen, da sie kein Alt-Garisch sprach und nicht wusste, was sie mit diesen flinken Wesen sprechen sollte. Als die Aynuhs ihre Arbeit beendet hatten und unauffällig verschwunden waren, flüsterte Ella Eule dem Ans zu: „He Ansi, aufwachen! Frühstück ist fertig." Der streckte sich behaglich und murmelte: „Schon wieder Essen. Wo soll ich das bloß alles hinstecken?"

Als alle das Frühstück beendet hatten, unterrichteten sie die Aynuhs, dass eine Abordnung von Monkas Gesandten vor der Höhle stünde, um mit ihnen zu sprechen. Ans der Weberknecht ging als erster hinaus, wo drei Raben in langen schwarzen Roben auf sie warteten.

„Wikem gata halonka. Ba sesi katem?", fragte der mittlere und größte der Raben.

„Bentem walonka. Esset hatem mala per naka sene", erwiderte ihm der Ans.

„So ein Mist aber auch", raunte Elmar Wiesel leise zu Ella Eule hin, „ich versteh kein Wort. Hätte ich bloß in der Schule besser im Sprachunterricht aufgepasst."

„Mach dir nichts draus Elmar, ich verstehe auch nichts. Und ich spreche mehrere Sprachen. Aber ich glaube, diese Sprache wird in unserer Welt nicht mehr unterrichtet."

Die Unterredung dauerte eine gefühlte Ewigkeit für alle, die nicht verstanden, was da geredet wurde. Immer wieder verbeugten sich die drei Raben vor Ans dem Weberknecht und der wiederum verbeugte sich vor ihnen. Das war alles sehr merkwürdig und dauerte und dauerte. Dabei hatten sie keine Zeit zu verlieren: zu Hause warteten doch schon alle auf die Zaubermedizin. Warum bloß dieses ganze Palaver? Endlich kamen die Sprecher zum Ende und der Ans wandte sich an seine Freunde, um ihnen zu erklären, was sie besprochen hatten.

„Ich habe eine gute und eine schlechte Nachricht für euch. Welche wollt ihr zuerst hören?"

„Die gute natürlich!", rief Karla Mistkäfer laut. Die anderen schwiegen.

„Also gut. Die gute Nachricht ist, dass ich mit den Raben zu einer persönlichen Vorsprache bei der Hexe Monka mitfliegen darf."

„Und was machen w i r dann?", erkundigte sich Bruno der Fuchs, „wie kommen wir dahin?"

„Das ist eben die schlechte Nachricht. Ihr könnt nicht mitkommen und müsst hier auf mich warten."

„Warum *d a s* denn? Sind wir vielleicht nicht fein genug?", fing Karla Mistkäfer zu stänkern an.

„Verstehe ich auch nicht. Wir sind doch hier willkommen, oder etwa nicht?", fragte Elmar Wiesel unsicher.

„Ja schon, Elmar. Aber wir sind hier nur Gäste und nicht mehr. Wir können eine Bitte vorbringen, aber wir können nichts verlangen, versteht ihr? Wir müssen uns in Demut und Geduld üben, denn wir haben nichts zu geben und müssen das nehmen, was man uns gibt. Also verhaltet euch entsprechend. Ansonsten ist unsere Mission zum Scheitern verurteilt."

„Na gut, Ansi", mischte sich jetzt Ella Eule ein. „Wir werden tun, was du sagst und hier auf dich warten."

„Und wer gibt uns die Garantie, dass der Ans zurückkehren wird?", hakte Karla Mistkäfer misstrauisch nach.

„Niemand", antwortete Ella Eule. Sie sah die eindringlich bittenden Augen des Ans und fügte hinzu: „wir müssen einfach Vertrauen haben."

Als der Ans am späten Nachmittag noch immer nicht zurück war, begann sich eine leichte Unruhe unter ihnen breitzumachen. Ella Eule hatte sich tagsüber ausgiebig dem Putzen ihres ramponierten Federkleides gewidmet, während Elmar Wiesel sich in einen dunklen Winkel zum Dauerschlaf zurückgezogen hatte. Bruno Fuchs leckte immer wieder seine verletzte Vorderpfote. Sie war inzwischen wieder angeschwollen, was kein Wunder war, denn anstatt sich Ruhe zu gönnen, hatte er sie auf dem Weg über das Himmelsgebirge und die endlose, schneebedeckte Ebene ständig weiter belastet. Mit dieser Pfote würde er den Rückweg ganz sicher nicht schaffen. Einzig Karla Mistkäfer war außerordentlich aktiv: sie erkundete jeden Winkel des Quartiers, probierte von jeder der bereitgestellten Speisen und packte von allem was ihr schmeckte eine Kostprobe in ihren Rucksack. Man konnte ja nie wissen. Als es draußen duster zu werden begann, fing sie wieder zu lamentieren an, dass alles hoffnungslos sei. In zwei Tagen sei schließlich Ostern und sie säßen hier noch immer fest. Es war wie ein Bazillus, der sicher auch die anderen angesteckt hätte, wenn sie nicht glücklicherweise mit sich selbst beschäftigt gewesen wären.

Mit einem Mal hörten sie die Aynuhs leise flüstern und neugierig in Richtung Eingang schauen. War da etwas? Sie konnten nichts sehen oder hören, doch die Aynuhs signalisierten eindeutig, dass da etwas oder jemand kam. Auch die Quesel draußen scharrten unruhig und selbst die umstehenden Baumstämme schienen sich knorrende Worte zuzuraunen. Da erhob sich ein nie gehörtes Sausen wie von einer wunderbaren warmen Sommerbrise und sie erkannten ein Waldhuhn, das soeben vor ihrer Wurzelhöhle gelandet war. Sie empfingen es höflich, indem sie sich verbeugten, wie der Ans es ihnen geraten hatte. Auch das Waldhuhn neigte wohlwollend sein Köpfchen. Es hatte wasserblaue Augen und in seinem Schnabel trug es ein Tuch, das eine Vielzahl von Früchten und Kräutern beinhaltete. Nachdem sie das Waldhuhn in ihren Bau gebeten hatten, begann es leise vor sich hin summend bald dieses bald jenes aus dem Tuch hervorzukramen, zu zerkleinern und zu zerstoßen, mit Wasser zu mischen und anzurühren. Gebannt schauten sie ihm zu. Es schien keineswegs gefährlich zu sein. Trotzdem: Was sollte das werden und wo war bloß der Ans? Endlich war das Waldhuhn mit dem Ergebnis seiner Bemühungen zufrieden und näherte sich Bruno dem Fuchs.

„Ene besil hag", sprach das Waldhuhn.

Bruno schaute fragend zu ihm auf. Das Waldhuhn deutete auf seine verletzte Pfote. Da verstand er, dass es ihm eine Medizin zubereitet hatte. Dankbar nickte er und streckte ihm die schmerzende Pfote hin, die das Waldhuhn vorsichtig mit einem Kräuterverband umwickelte. Den Rest der zubereiteten Medizin füllte es in einen Becher mit Wasser und reichte diesen Bruno dem Fuchs zum Trinken.

„*Fase hag minto mira*", forderte es ihn auf und Bruno trank den Becherinhalt in großen Schlucken. Dann sank er erschöpft auf sein Lager zurück und fiel beinahe augenblicklich in einen tiefen Schlaf. Das Waldhuhn nickte zufrieden, packte die übrigen Kräuterreste zusammen und verabschiedete sich. Sie begleiteten es hinaus und standen noch lange am Eingang ihres Baus. Ella Eule spähte unruhig in die hereinbrechende Dämmerung. Jetzt machte auch sie sich langsam Sorgen, nicht nur um die immer düsterer werdenden Blicke von Karla Mistkäfer.

*

Die Aynuhs hatten wie gewohnt ein köstliches Abendessen gezaubert, doch die Gäste wurden immer unruhiger. Dann entstand plötzlich Bewegung vor ihrem Bau, wo soeben eine große Schar Raben gelandet war. Sie waren in lange schwarz-blaue Reiseumhänge gekleidet. Einer von ihnen trat hervor und Ans der Weberknecht kletterte aus seinem Federkleid. Er schien verändert: größer und wie von innen heraus silbern leuchtend.

„Ansi, bist du das?", fragte Ella Eule unsicher.

„Ja Ella, ich bin es. Beeilt euch, wir müssen sofort aufbrechen. Rakko Rabe und seine Freunde werden uns zurückfliegen."

„Aber Bruno schläft da drinnen tief und fest. Was sollen wir mit *ihm* machen?"

„Keine Sorge", sagte der Ans ruhig, „daran haben wir auch gedacht."

Zwischen den Raben erschien ein mit einem schützenden Rindendach bedeckter großer Schlitten, auf dem nun alle Reisenden ihre Plätze einnahmen. Auch der schlafende Bruno, den die Aynuhs in einer vielfüßigen Prozession feierlich auf den Schlitten betteten, fand darauf ausreichend Platz. Dann flog die Rabenschar auf und der Schlitten setzte sich in Bewegung. Schnee wirbelte umher und im

Nu war die Welt des Alten Waldes verschwunden. Schwerelos schwebten sie über den Schnee dahin wie auf einer Wolke im Traum.

„Ansi, was ist geschehen?", fragte Ella Eule.

„Ja Ansi, wie war es bei Monka? Erzähl doch!", forderte ihn auch Elmar Wiesel auf und Karla Mistkäfer brummte etwas Unverständliches, während sie bemüht war, alle ihre vollgepackten Tüten gut festzuhalten.

„Es ist besser gelaufen, als ich es je für möglich gehalten hätte", antwortete der Ans. „Und das letztlich nur wegen meiner Ur-Ur-Ur-Großmutter. Hätte sie mir nicht Alt-Garisch beigebracht, dann wären wir niemals so weit gekommen." Ella Eule nickte, denn sie hatten ja erlebt, dass das Beherrschen dieser Sprache der Schlüssel zu den Geschöpfen des Alten Waldes gewesen war. „Aber es war nicht nur die Sprache...", fuhr Ans der Weberknecht fort, „...da war noch etwas anderes, das vielleicht noch wichtiger war."

„So? Was denn?", erkundigte sich Elmar Wiesel neugierig.

„Monka fragte mich, warum ich zu ihr gekommen sei und wer mich geschickt habe. Da habe ich ihr von der Ratsversammlung der Tiere erzählt und dass es mein Vorschlag gewesen sei, sie um Hilfe zu bitten, weil unsere Alt-Mütter noch immer den alten Heil- und Zaubersang der Gare singen und noch immer einen selbstgebrauten *Walonka*-Trank herstellen", erklärte der Weberknecht.

„Monkas alten Zaubertrank", ergänzte Ella Eule.

„Genau. Er ist zwar längst nicht mehr so wirksam wie das Original, aber auch er hilft. Denn, und das ist das Entscheidende, er kann nur wirken, wenn er nicht zum eigenen Vorteil, sondern uneigennützig zum Wohle anderer eingesetzt wird."

„Ich verstehe", erwiderte Ella Eule. „Deswegen hat Monka dir und damit uns allen geholfen trotz der alten Streitigkeiten mit deinen Vorfahren."

„Ja, Ella. Sie ist wirklich eine außergewöhnliche Hexe. Vielleicht war sie auch ein wenig gerührt, dass sie selbst bei den Nach-Nach-Nachfahren der alten Gare noch immer bekannt ist und ihr alter Trank noch immer geschätzt wird. Jedenfalls hat sie mich lange und nachdenklich angesehen. Dann berührte sie mich mit ihrem Zauberstab und sprach: ‚Ans der Weberknecht, du bist ein würdiger Nachfahre der alten Gare. In dir stecken ihre guten Eigenschaften. Deshalb will ich dir und deinen Freunden helfen. Und dein Name soll fortan *Ansgar vom Alten Walde* sein.“

„Was ist denn das schon wieder für ein Hokuspokus? Will der Ans jetzt unser König sein oder was? Aber nicht mit mir!“, schimpfte Karla Mistkäfer.

„Karla, reg dich ab!“, fauchte Ella Eule. „Dir kann man aber auch nichts recht machen. Wie wär's denn mal mit ein bisschen Dankbarkeit?“ Karla Mistkäfer zog sich, da sie keinen Verbündeten fand, brummend zurück und Ansgar bemerkte nur: „Ach, lass gut sein Ella. Das ist hoffnungslos.“

Der Morgen dämmerte bereits herauf, als die Rabenschar den Reiseschlitten behutsam absetzte. Irgendwann während der Nacht mussten sie alle eingeschlafen sein. Als sie nun vom Schlitten herunterstiegen, rieben sie sich schläfrig und erstaunt die Augen. Das Himmelsgebirge lag in weiter Ferne und auch den *Tiwaha* hatten sie bereits hinter sich gelassen. Den Rest des Weges würden sie jetzt allein zurücklegen müssen.

„*Monka sane embile*“, sprach Ansgar feierlich und verbeugte sich lange und tief vor den Raben. Die wiederum senkten erhaben ihre Köpfe mit den spitzen Schnäbeln und antworteten: „*Asule bilawa ansgare. Hele binta san.*“ Dann erhoben sie sich majestätisch in die Lüfte und flogen den Schlitten zurücklassend davon.

„Und jetzt?“, zeterte Karla Mistkäfer. „Wer zieht uns denn jetzt durch den Schnee?“

„Na, dann mach doch mal einen gescheiten Vorschlag. Du weißt und kannst doch immer alles besser", wandte sich Elmar Wiesel ungehalten an Karla. Die jedoch senkte nur betreten den Kopf.

„Was haben die Raben gesagt?", fragte Ella Eule den Gar.

„Wenn Bruno aufwacht, wird er unseren Schlitten ziehen."

„Wie denn? Der kann doch gar nicht laufen. Oder hab ich da was verpasst?", unkte Karla wieder.

„Nee Karla, hast du nicht. Aber Monka ist nicht nur eine gute, sondern auch eine weise Hexe. Also: nur ein wenig Geduld, dann geht es weiter."

Und tatsächlich: nach einer guten Stunde erwachte Bruno der Fuchs auf dem Schlitten. Er reckte und streckte sich und fühlte sich wunderbar. Er hatte nichts von den Ereignissen der letzten Nacht mitbekommen und staunte nicht schlecht darüber, dass sie bereits den Großteil des Rückweges hinter sich gebracht hatten. Der noch vor ihnen liegende Teil würde voraussichtlich einen weiteren Tag beanspruchen, dann würden sie wieder zu Hause sein.

„Aber morgen ist doch schon Ostern", rechnete Elmar Wiesel vor. „Selbst wenn wir heute Abend ankommen, dann reicht das nicht. So schnell kann Meister Hase unmöglich alle Eier verteilen."

„Dann war ja alles umsonst!", jammerte Karla Mistkäfer.

„Jetzt hört endlich auf!", mischte sich Ella Eule ein. „Wir werden versuchen, so schnell wie möglich nach Hause zu gelangen. Also Bruno: kannst du den Schlitten ziehen?" Bruno besah skeptisch seine Pfote. Er nahm den Verband ab, drehte und wendete sie und antwortete laut:

„Hab mich nie besser gefühlt. Lasst uns aufbrechen!"

Dann glitten sie durch die Winterlandschaft dahin. Noch immer war alle Welt in Weiß gehüllt, nur hie und da unterbrochen von ersten braunen Baumgeästen und Felsgestein. Bruno der Fuchs lief und lief, dass er sich selbst wunderte, wie er ohne müde zu werden über Stock und Stein dahinflog. Stunde um Stunde verging, bis sie am frühen Nachmittag in der Ferne die Umrisse des heimischen Wullenbergs erkannten. Bald würden sie endlich zu Hause sein.

*

„Ihr seid spät dran", begrüßte sie Bantu der Igel, als sie endlich vor Meister Hases Bau anhielten. Die anderen Tiere vom Wullenberg hatten die Hoffnung schon aufgegeben und waren entmutigt nach Hause gegangen. Für sie war es bereits entschieden, dass es dieses Jahr kein Ostern geben würde, kein Neuerwachen der Natur und keinen Neubeginn des Lebenskreislaufs. Ihnen würde nur die Wahl bleiben zwischen Verhungern oder Auswandern.

„Guten Tag Bantu. Schön dich zu sehen", winkte ihm Ella Eule zu und der Gar rief: „Bantu, lieber Freund, es wird alles gut. Wo ist Meister Hase?"

Sie betraten den Hasenbau und fanden dort Meister Hase mit hängenden Ohren in seinem Sessel sitzend. Er trug einen dicken Schal um den Hals gewickelt und zupfte traurig an seinen Barthaaren. Als die Gruppe mit viel Bewegung eintrat, riss er sich von seinen trüben Gedanken los und sah sie überrascht an.

„Ihr seid zurück? Ach wärt ihr nur einen Tag oder zwei früher gekommen, dann hätten wir es vielleicht noch schaffen können. Jetzt ist es zu spät."

„Nein, Meister Hase. Ich widerspreche Euch nur ungern, aber das ist es nicht", entgegnete ihm der Gar.

„Ansi, jetzt hör aber auf. Wir haben nur noch einen halben Tag bis zum Ostermorgen. In dieser kurzen Zeit kann Meister Hase unmöglich alle Ostereier verteilen. Das ginge noch nicht einmal, wenn er vollständig gesund wäre", gab Ella Eule zu bedenken.

„Ansgar, liebe Ella. Ich heiße jetzt Ansgar. Aber auch dir muss ich leider widersprechen, denn wir haben sehr wohl eine Chance, das Unmögliche zu schaffen."

„Ich kann Angeber nicht leiden", warf Karla Mistkäfer in die Runde und verschränkte demonstrativ die Arme.

„Das musst gerade du sagen", knurrte Bruno der Fuchs.

„Leute, jetzt hört schon auf, euch zu streiten", funkte Ella Eule dazwischen. „Dafür haben wir jetzt keine Zeit. Ansgar, nun sag schon, was ist das für eine Chance, von der du da redest?" Alle blickten zu dem Gar, der atmete tief durch und wandte sich dann an Frau Hase:

„Sind alle Ostereier fertig bemalt und in Körben verstaut?"

Frau Hase nickte zustimmend wenn auch verständnislos. „Ja, schon…", stammelte sie unsicher.

„Wunderbar!", rief der Gar begeistert und er hätte ihr wohl geradewegs einen Kuss gegeben, wenn nicht Meister Hase zwischen ihnen gesessen hätte.

„Worauf warten wir dann noch?"

„Aber Ansi, siehst du denn nicht, dass Meister Hase ganz unmöglich die Eier verteilen kann? Er ist viel zu krank dazu. Er würde sich nach kürzester Zeit da draußen den Tod holen", war jetzt Bantu der Igel zu hören.

„Ansgar, lieber Bantu. Ja gewiss, ich sehe, dass Meister Hase nicht selbst laufen kann. Aber das muss er auch gar nicht."

„Klar, weil die Eier laufen von selbst, was?", unkte Karla Mistkäfer.

„Meine liebe Karla", entgegnete ihr der Ans ruhig, „du bist eine anerkannte Expertin für jede Art von Mist. Das ist deine Baustelle und ich rede dir da nicht rein. Aber in dieser Angelegenheit werde ich die Ansage machen, weil ich als Ansgar vom Alten Walde von Monka dazu ermächtigt bin. Ihr müsst freilich nicht tun, was ich euch vorschlage, wenn ihr mir nicht vertraut. Aber es ist eine Chance. Und ihr habt, wenn ich das richtig sehe, im Moment nicht sehr viele andere Möglichkeiten."

„Meister Hase, was meint Ihr?", wandte sich Bantu an den besorgt dreinschauenden Hausherrn.

„Ansgar hat Recht", sprach Meister Hase leise, „wir haben im Grunde *gar keine* andere Möglichkeit, als seinem Rat zu folgen. Ich jedenfalls vertraue ihm."

„Ich auch. Ohne ihn hätten wir es niemals geschafft", stellte Ella Eule klar und Elmar Wiesel fügte hinzu: „und ganz nebenbei hat er uns allen auch noch das Leben gerettet. Ohne ihn hätten uns nämlich die Quesel nicht mitgenommen und wir wären nie zum Alten Wald gelangt."

„Ich danke euch, Freunde", sagte Ansgar knapp. „Aber jetzt müssen wir handeln. Und dazu brauchen wir Bruno. Er wird mit dem Schlitten den ganzen Wullenberg abfahren und Ihr, Meister Hase, werdet auf dem Schlitten sitzen und braucht ihm nur den Weg zu weisen. Das werdet Ihr, wenn Euch Frau Hase in eine dicke Decke einpackt, doch sicher schaffen, oder?"

Meister Hase nickte erleichtert.

„Zur Sicherheit", fügte Ansgar hinzu, „will ich Euch aber noch etwas stärkende Medizin geben." Er zog einen Leinenwickel unter seiner Strickmütze hervor und entnahm daraus ein kleines Kräuterbündel.

„Ehrwürdiger Meister Hase", sprach er weiter „das ist Monkas Heilmedizin. Trinkt sie mit Wasser vermischt und Ihr werdet nicht nur die Schlittenreise gut überstehen, sondern auch bald wieder vollkommen gesund sein."

Alle staunten, ganz besonders Meister Hase. Dann lächelte er und seine Augen leuchteten. Ja, so könnte es gehen! Er rief nach seinen Kindern und forderte sie auf, die Eierkörbe so schnell wie möglich nach draußen auf den Schlitten zu schaffen. Frau Hase indes eilte an ihre Truhe und kramte aufgeregt nach ihrer dicksten Wolldecke.

*

Es war noch taghell, als sie den Schlitten bestiegen: Meister Hase, Ansgar, Elmar Wiesel, Ella Eule und Bantu der Igel, während Karla Mistkäfer es vorzog, erst einmal all ihre Mitbringsel nach Hause zu schaffen. Meister Hase nannte Bruno dem Fuchs das erste anzusteuernde Ziel und schon zog der an und lief wie der Wind. Es war eine Freude zu sehen, mit wie viel ungebremster Begeisterung er seiner Aufgabe nachkam. Auch Bantu der Igel, Ella Eule und Elmar Wiesel, die die Eier an den gewohnten Stellen verteilten, wurden von Stunde zu Stunde sicherer und schneller. Selbst als irgendwann die Dunkelheit einsetzte, wies ihnen der weißleuchtende Schnee sicher den Weg. Sie waren so erfolgreich, dass sie schließlich noch vor Beginn der Morgendämmerung alle Ostereier verteilt hatten. Und an jedem Ort, den sie besuchten, ließen sie den Frühling zurück: gelbe und violette Krokusse, die aus der Schneedecke hervorbrachen, zarte Gräslein und schimmerndes Moos und erste an Baum und Strauch schwellende Knospen. Dazu erklang das Lied der Schneeglöckchen, die ihrerseits begannen, das Ende des Winters einzuläuten.

In den frühen Morgenstunden der Osternacht kehrten Meister Hase und seine Helfer endlich zum Hasenbau zurück, wo sie in der guten Hasenstube ein kräftiges Frühstück zu sich nahmen. Frau Hase hatte allerlei Leckereien aufgetischt: selbstgebackene Hasenbrotkruste mit Eiersalat, Möhrenröllchen, Maiskölbchen am Spieß sowie herrlichen Rosinenkuchen. Alle, die in diesem Jahr dem Osterhasen bei seiner Arbeit geholfen hatten, ließen es sich gutgelaunt schmecken. Während sie aßen, wandte sich Bantu der Igel an den Weberknecht und fragte:

„Sag mir Ansgar, wie konnte deine Medizin unseren Meister Hase so schnell gesund werden lassen, ohne dass du das Zauberlied dazu gesungen hast?"

„Ganz einfach", erklärte der Gar, „weil diese Medizin von Monka selbst zusammengestellt wurde. In diesem Falle nämlich bedarf es keiner zusätzlichen Zauberei."

„Ach so", brummte Elmar kauend und fragte gleich darauf: „Und wie war das bei Bruno? Da wirkte die Medizin doch auch, ohne dass gesungen wurde."

„Ich glaube, du weißt die Antwort schon selbst", bekam er zu hören. „Es gibt nur eine Erklärung dafür, nämlich die, dass Monka selbst die Medizin für Bruno hergestellt und sie ihm verabreicht hat."

„Aber...?", fing Elmar an, doch Ansgar unterbrach ihn bestimmt: „Vergiss nicht, Monka ist eine Hexe. Sie kann sich in unterschiedliche Wesen verwandeln. Und in diesem Fall erschien sie als ein gewöhnliches Waldhuhn."

Elmar schwieg und Bantu nickte verstehend. Für ihn war das einleuchtend und es vermehrte seine Ehrfurcht vor dieser ungewöhnlichen Hexe. Dann räusperte er sich und suchte nach Worten, um seine Gedanken noch besser ordnen zu können.

„Sage mir, Ansgar, was hat Monka eigentlich zu dir gesagt?"

„Ich glaube, lieber Bantu, auch das ist etwas, was du schon längst weißt."

„Soso", brummte Bantu der Igel und kratzte sich an der Stirn. „Na, dann sag's mir doch bitte nochmal. Es kann ja nichts schaden, oder?"

„Sie sagte: Wer die kleinsten Lebewesen nicht achtet, der verdient ebenfalls keine Achtung."

„Hmmm", brummte Meister Hase nachdenklich. „Und was hat sie noch gesagt?"

„Sie sagte auch, dass manchmal der Größte ziemlich klein ist und der unbeachtete Kleinste der Größte sein kann."

„Sehr wahr", stellte Bantu der Igel nachdrücklich fest und Meister Hase erhob sich und fügte feierlich hinzu: „Und deshalb sollst du fortan auch nicht mehr Ans der Weberknecht heißen, sondern, wie Monka sagte, von allen Tieren des Wullenbergs *Ansgar vom Alten Walde* genannt werden."

„Also, wenn ihr mich fragt…", begann Ella Eule, doch Elmar Wiesel unterbrach sie und vollendete den Satz: „… ich bin jedenfalls dafür!" Alle lachten und stimmten freudig zu. Und Bantu der Igel sagte gerührt:

„Ja, das hat er wirklich verdient."

So kam es, dass am Wullenberg wie in jedem Jahr der Frühling einziehen konnte. Auch wenn die Menschen in der Umgebung die Gegend mitunter leicht verächtlich als Ort bezeichnen, wo sich Fuchs und Hase „Gute Nacht" sagen. So sind die Menschen eben: sie meinen stets, dass sie alles wüssten und doch haben sie von vielem keine Ahnung. Denn Fuchs und Hase haben sich und uns noch weitaus mehr zu sagen, ebenso Igel und Wiesel, Eule und Weberknechte und nicht zuletzt die Gare und all die geheimnisvollen Wesen aus alter Zeit. Sie alle sind Geschöpfe dieser Welt und wir sollten ihnen Achtung entgegenbringen.

Nachwort:

Und wenn du, lieber Leser dieser Ostergeschichte, bei deinem nächsten Frühjahrsputz einem dieser unscheinbaren Weberknechte begegnest, dann denke an Ansgar vom Alten Walde und daran, dass diese Geschöpfe viel mehr sein könnten als es dir scheint. Behandle sie mit Respekt, denn vielleicht stecken in ihnen ungeahnte magische Fähigkeiten und Kräfte, die auch für dich viel Gutes bewirken können.

Zeitfracht Medien GmbH
Ferdinand-Jühlke-Straße 7
99095 Erfurt, Deutschland
produktsicherheit@kolibri360.de